Dorothy und Thomas Hoobler

Samurai Secrets

Der Schatten der Ninja

Dorothy und Thomas Hoobler sind preisgekrönte Verfasser von mehr als 50 Büchern für Kinder und Erwachsene. Mit ihrer Japan-Krimi-Reihe „Samurai Secrets“ haben sie die Herzen von Fans auf der ganzen Welt erobert. Die Reihe wurde unter anderem zweimal für den Edgar Allan Poe Award nominiert. Auf ihrem Blog seikeiworld.blogspot.com posten sie spannende Hintergrundinformationen zur Serie und Interessantes über die Kultur Japans. Die Hooblers leben in Manhattan.

Dorothy und Thomas Hoobler

侍 SAMURAI SECRETS

DER SCHATTEN DER NINJA

Dritter Band

Aus dem amerikanischen Englisch
von Yvonne Hergane

Ravensburger Buchverlag

Als Ravensburger Taschenbuch
Band 58488
erschienen 2016

MIX
Aus verantwortungsvollen Quellen
FSC® C114500

1 2 3 4 5 E D C B A

Ungekürzte Ausgabe

Die amerikanische Originalausgabe erschien 2004
unter dem Titel „In Darkness, Death“,
bei Philomel Books, a division of
Penguin Putnam Books for Young Readers,
New York.

Dieses Werk wurde vermittelt durch die Literarische Agentur
Thomas Schlück GmbH, 30827 Garbsen.

Umschlaggestaltung: Martina Eisele unter Verwendung von Fotos
von depositphotos/adrenalina (Rosselia Apostoli),
depositphotos/scotferdon (Scot Ferdon) und Getty Images/Asia Images

Printed in Germany
ISBN 978-3-473-58488-8
www.ravensburger.de

Unserer Tochter Ellen

Inhalt

Im Dunkel lauert der Tod

Es war die Stunde der Ratte. Nur Schatten schlichen durch den Palast. Während der Mond seine einsame Reise über den Nachthimmel antrat, glitten dunkle Schemen über Böden und Wände, dem Licht immer einen Schritt voraus.

Und als eine Gestalt, schneller als die anderen, den Flur hinunterhuschte, schlug keine Wache Alarm.

Einige Stunden zuvor waren viele Gäste zu Fürst Inabas Feier eingetroffen und zusätzliche Diener hatten eingestellt werden müssen. Da achtete niemand weiter auf diesen einen Weinschenk, einen dickbauchigen Gesellen, der leicht ungelenk wirkte, aber stets eifrig zu Diensten war. Emsig füllte er die Sakeschalen wieder und wieder. Er drängte sogar Fürst Inabas Leibwachen dazu, einen Schluck zu trinken, nur einen Schluck, der ihre Wachsamkeit ganz sicher nicht beeinträchtigen würde.

Das Pulver, das der Weinschenk in den Sake gekippt hatte, wirkte schnell. Gäste, Wachen, Diener, Familienangehörige und Fürst Inaba höchstselbst –

sie alle waren schon nach kurzer Zeit sehr müde geworden, hatten sich in ihre Zimmer zurückgezogen und waren in einen friedlichen und tiefen Schlaf gesunken.

Alle bis auf den Weinschenk. Wäre außer ihm noch jemand wach gewesen, hätte er sicherlich verwundert beobachtet, wie viel geschickter sich der dicke Diener jetzt auf einmal fortbewegte.

Der Mann verschmolz mit der Dunkelheit des Flurs und es blieb nur ein kaum mehr wahrnehmbarer Schatten. Der Boden knarzte, als er sich in Richtung von Fürst Inabas Zimmer bewegte. Doch der Schatten störte sich nicht daran, es war ohnehin niemand da, der es hätte hören können. Zwei Samuraiwachen kauerten vor Fürst Inabas Tür auf dem Fußboden, den Kopf tief auf der Brust. Der Schatten berührte jeden von ihnen und flüsterte ihnen etwas ins Ohr. Dann zog er ein kurzes Schwert aus seinem Kimono. Mächtige Männer wie Fürst Inaba hatten viele Feinde, die Tür würde sicher mit einem Riegel gegen Eindringlinge geschützt sein. Also schlitzte der Schatten das kunstvoll verzierte papierene Türblatt auf. Seine Bewegungen waren völlig lautlos, wie die eines Falken, der sich im Sturzflug seiner Beute nähert.

Flink schlüpfte er hindurch. Der Daimyo lag auf einer breiten, dick gepolsterten Matte und rührte sich nicht. Er hatte an diesem Abend, zur Feier seiner Rückkehr nach Edo, viele Schalen Sake geleert.

Die Schattengestalt zögerte nicht lange und erfüllte ihre Aufgabe. Schon eine Sekunde später durchzog der Geruch von Blut und Tod das Zimmer. Der Schatten wischte die Schwertklinge an einer Ecke der Schlafmatte ab und murmelte ein leises Gebet, um den zornigen Geist des Fürsten abzuwehren.

Dann schnürte er sein Gewand auf und gab den Blick auf seinen vermeintlich dicken Bauch frei. Kräftige Seilschlingen waren um seinen Körper gezurrt, aus denen er sich nun mit sicheren Bewegungen herauswand – der dicke Weinschenk war verschwunden. Der Eindringling knotete rasch das eine Seilende an einen Wandhaken, das andere ließ er aus dem Fenster gleiten.

Schließlich kletterte er auf das Fenstersims und warf einen letzten Blick in den Raum, der nun erfüllt war vom Hauch des Todes. Dann schüttelte er den Ärmel, sodass etwas herausflatterte und neben der Blutlache landete, die sich allmählich auf dem Boden ausbreitete.

Einen Augenblick später war er weg.

* Hinweis zur Aussprache der japanischen Namen: **J** wird wie »dsch« ausgesprochen, **z** wie »s«, **ch** wie »tsch« und **ei** wie ein langes »ä« mit einem schwachen i-Nachklang.

Seikei rümpfte die Nase. Der Geruch in diesem Zimmer weckte eine verstörende Erinnerung in ihm. Er hatte das schon einmal gerochen – als er mit angesehen hatte, wie der Kabuki-Schauspieler Tomomi gestorben war. Nur dass Tomomi seinen Tod damals willkommen geheißen hatte. Mehr noch, er hatte Seikei auf eine lange und wohl durchdachte Reise mitgenommen, an deren Ende er Seikei Zeuge seines Todes werden ließ.

Das hier hingegen – der Tod, der hier in diesem Zimmer stattgefunden hatte – war gänzlich anders. Fürst Inaba hatte sich mit Sicherheit nicht in dem Bewusstsein schlafen gelegt, dass ihm in der Nacht die Kehle aufgeschlitzt werden würde. Er hatte im ganzen Palast Wachen, die ihn vor allem Übel schützen sollten. Doch aus irgendeinem Grund hatte keine dieser Wachen den Angreifer davon abgehalten, den Raum zu betreten – um genau zu sein, niemand hatte ihn auch nur gesehen.

Mehr Informationen hatte Seikei von Richter Ooka, seinem Adoptivvater, bislang nicht bekommen. Der Richter hatte ihn früh am Morgen geweckt. »Ich habe einen Auftrag zu erfüllen«, hatte er gesagt. Mehr brauchte Seikei nicht zu hören. Sofort zog er sich an. Der Richter hätte ihn nicht geweckt, wenn er nicht gewollt hätte, dass Seikei ihn begleitete.

Und in der Tat warteten draußen schon zwei gesattelte Pferde. Seikei stieg auf, froh, dass er dies endlich tun konnte, ohne dass Bunzo ihm dabei half. Bunzo war ein Samurai und des Richters ergebener Diener und hatte die wenig beneidenswerte Aufgabe, Seikei in allen Künsten zu unterrichten, die ein Samurai beherrschen musste.

Seikei war zwar schon vierzehn Jahre alt, beherrschte diese Künste aber noch längst nicht, da er als Sohn eines Kaufmanns geboren und erzogen worden war. Und wenn sie auch sehr wohlhabend waren, so galten die Händler doch als die niedrigste Gesellschaftsschicht – noch niedriger als Handwerker und Bauern, und natürlich sehr viel niedriger als die Samurai, die am höchsten angesehen waren. Und darum hatte es lange Zeit so ausgesehen, als sei es Seikeis Schicksal, auch ein Kaufmann zu werden, denn jeder Mensch hatte den Platz in der Gesellschaft einzunehmen, der ihm durch seine Herkunft zustand.

Doch dann hatte Seikei die Gelegenheit bekommen, bei der Klärung eines Juwelendiebstahls behilflich zu sein, und er hatte sich dabei als so mutig erwiesen, dass Richter Ooka ihn adoptiert hatte. Es war eine große Ehre, in eine Samuraifamilie aufgenommen zu werden, und Seikei bemühte sich seither jeden Tag, sich dieser Ehre als würdig zu erweisen.

Manchmal allerdings hatte er das Gefühl, als gelänge ihm dies nicht. Er zweifelte daran, dass er einen Pfeil jemals so gekonnt würde abschießen können wie Bunzo oder der Richter. Auf der anderen Seite hatte er sich bei den wenigen Gelegenheiten, bei denen er einem bewaffneten Gegner gegenübergestanden hatte, gar nicht so schlecht angestellt. Und auch Seikeis Reitkünste hatten sich in den letzten Wochen enorm verbessert, was ihm sogar Bunzos Respekt eingebracht hatte.

»Weißt du«, hatte Bunzo erst am Tag zuvor zu ihm gesagt, »vor Kurzem habe ich noch gedacht, man könnte dich loswerden, indem man dich einfach auf den Rücken eines kräftigen Pferdes hievt. Aber mittlerweile ist mir klar geworden, dass wir eine andere Möglichkeit finden müssen.«

Als der Richter aus dem Haus trat und auf sein Pferd stieg – und zwar sehr viel flinker, als man angesichts seines enormen Körperumfangs erwartet hätte –, eilte ihm Noka hinterher, seine Haushälterin. Sie hielt ein Bento in den Händen, eine schwarze Lackschatulle. Seikei wusste, was sich darin befand: Reiseproviant. Er sah verlegen zu Boden, als Noka ihm die Schachtel in die Hand drückte.

»Und wo ist die für den Richter?«, fragte er.

»Der Richter hat bereits gefrühstückt«, antwortete Noka. »Aber der Weg nach Edo ist lang, und da habe ich mir gedacht, dass du bestimmt bald Hunger bekommst.«

Seikei bedankte sich höflich und sah zu Richter Ooka hinüber, der sich mühsam ein Lächeln verkniff. Noka behandelte Seikei immer wie ein kleines Kind. Ein Samurai sollte jedoch in der Lage sein, mehrere Tage ganz ohne Essen durchzustehen und sich im

Dienste seines Herrn jeder Härte des Schicksals zu unterwerfen.

Der Richter erriet Seikeis Gedanken. »Wenn du das nicht alles allein schaffst«, sagte er, »helfe ich dir gern dabei.«

Seikei reichte ihm die Schatulle und hoffte insgeheim, dass der Richter nicht alles allein aufessen würde. Dann trotteten sie los, wobei sie die Pferde ihre Gangart selbst wählen ließen, denn der Boden war gefroren und mit einer dünnen Schneeschicht bedeckt.

Sie würden den halben Tag brauchen, um von ihrem Landsitz in die Hauptstadt Edo zu gelangen. Dort war der Sitz des Shoguns, des obersten militärischen Befehlshabers Japans, der direkt dem Kaiser unterstellt war. Immer wieder wurde Richter Ooka zum Shogun berufen, um Probleme zu lösen, die kein anderer lösen konnte. Erst vor Kurzem hatte er sich ein System aus Hand in Hand arbeitenden Feuerwachen ausgedacht, um die gefährlichen Feuersbrünste einzudämmen, welche in der Vergangenheit manchmal tagelang durch die Stadt gewütet und nicht hatten unter Kontrolle gebracht werden können.

Doch die Hauptaufgabe des Richters war es natürlich, Verbrecher dingfest zu machen und ihre gerechte Strafe festzusetzen. Dabei hatte ihm Seikei mehr als einmal geholfen, indem er Ermittlungen angestellt hatte. Und er hoffte sehr, das diesmal wieder tun zu können.

Richter Ooka gab Seikei die Proviantschachtel zurück – es waren noch einige köstliche Stücke Aal und etwas Reis darin – und fing dann an zu erklären: »Ein Bote des Shoguns ist heute ganz früh am Morgen eingetroffen. Fürst Inaba ist gestern im Schlaf ermordet worden, in seinem Wohnhaus in Edo.«

Seikei erschrak. Fürst Inaba war einer der mächtigsten Daimyo im Land! Unfassbar, dass es einem Mörder gelungen war, an ihn heranzukommen. Seikei brannten sofort viele Fragen auf der Zunge, doch er wusste, dass er den Richter lieber nicht unterbrechen sollte.

»Natürlich wäre dies zu jeder Zeit eine ernste Angelegenheit«, fuhr Richter Ooka fort. »Aber besonders schlimm wird es dadurch, dass Fürst Inaba eben erst auf Geheiß des Shoguns nach Edo zurückgekehrt war und somit unter dem Schutz des Shoguns stand. Seine Ermordung ist daher eine persönliche Beleidigung des Shoguns, und die Tatsache, dass der Attentäter entkommen ist, ist einfach unerhört.«

Seikei verstand. Um zu verhindern, dass seine Daimyo umstürzlerische Verschwörungen gegen ihn schmiedeten, forderte der Shogun, dass jeder Daimyo jedes zweite Jahr in Edo verbrachte, wo er ihn im Auge behalten konnte. Händlern kam diese Regelung sehr zupass, denn sie bescherte ihnen kaufkräftige Kundschaft. Doch das hieß auch, dass der Shogun für die Sicherheit der Daimyo, ihrer Familien und ihrer Dienerschaft verantwortlich war. Wenn einem Fürsten – oder einem Mitglied seines Haushaltes – während seines Aufenthalts in Edo etwas zustieß, bedeutete dies eine Entehrung für den Shogun. Vergeltung war die einzige Möglichkeit, seine Ehre wiederherzustellen, und Seikei wusste, dass für einen Samurai die Ehre weit wichtiger war als das eigene Leben.

Seikei wartete in der Hoffnung, der Richter würde weitere Einzelheiten über den Mord preisgeben, doch sein Adoptivvater schwieg, und so ritten sie eine Zeit lang in völliger Stille, die nur von den Hufschlägen der Pferde durchbrochen wurde.

Es begann zu schneien, und Seikei hatte das Gefühl, als wären sie Teil eines farbenfroh bedruckten Landschaftsbildes, wie es sie in Edo zu kaufen gab.

»Zu schade, dass wir den Ort des Geschehens erst jetzt zu sehen bekommen«, sagte Richter Ooka schließlich. »Fürst Inaba wurde im Schlaf ermordet und seine Diener werden die Leiche längst entfernt haben. Ein unglücklicher Umstand.«

Seikei wusste, dass der Ruf des Richters als brillanter Ermittler wohlverdient war. Es ging die Kunde, er könne einen Verbrecher auf den ersten Blick erkennen. Der Richter hatte Seikei einmal gesagt, das stimme gar nicht, doch weil die Leute fest daran glaubten, war es tatsächlich schon vorgekommen, dass Verbrecher alles gestanden hatten, sobald sie dem Richter vorgeführt worden waren.

Richter Ooka hatte Seikei beigebracht, dass die beste Methode, Verbrecher zu überführen, darin bestand, jede Kleinigkeit sorgsam zu beobachten und über ihre Bedeutung nachzudenken. »Verbrecher stören die natürliche Ordnung der Dinge«, erklärte der Richter. »Es ist wie bei einem Stein, der in einen Teich fällt – wenn man die Wellen zurückverfolgt, die das Wasser kräuseln, findet man irgendwann unweigerlich den Stein, der alles verursacht hat.«

Es war ein einfacher Leitsatz, aber Seikei fand seine Umsetzung ganz schön schwierig. Wenn der Richter ihn aussandte, um Informationen zu sammeln, die ihm bei der Aufklärung eines Verbrechens helfen konnten, fiel es Seikei immer noch schwer, zu unterscheiden, was nützlich sein konnte und was nicht.

Schließlich kamen sie vor Fürst Inabas Palast an. Er wurde nun von Samurai bewacht, deren Gewänder mit Malvenblättern bestickt waren – dem Symbol der Tokugawa-Dynastie, die seit mehr als einem Jahrhundert den jeweiligen Shogun stellte. Seikei überlegte, wohin Fürst Inabas eigene Wachen wohl verschwunden waren.

Schon bald erhielt er die Antwort darauf. Nachdem die Wachen des Shoguns ihn und den Richter eingelassen hatten, wurden sie von einem zornigen jungen Samurai begrüßt. Wobei *begrüßen* kaum das richtige Wort war, denn der Mann war alles andere als höflich. »Seid Ihr der Richter, der den Verbrecher überführen soll?«, fragte er, ohne sich vorzustellen. »Ihr habt lange gebraucht, um herzukommen. Ich habe schon drei Boten zum Shogun geschickt und nichts bekommen außer lahmen Entschuldigungen.«

Der Richter verbeugte sich, als hätte er die Unhöflichkeit des jungen Mannes nicht bemerkt. »Ja. Ich heiße Ooka«, sagte er, »und bin Richter im Dienste des Shoguns. Ich habe dem Shogun mein tiefstes Mitgefühl wegen des Todes von Fürst Inaba, Eurem Vater, übersandt.«

Der junge Mann war sichtlich überrascht, so angesprochen zu werden. Er verbeugte sich nun seinerseits – allerdings immer noch zu ruckartig, wie Seikei auffiel – und sagte: »Ich bin Yutaro, der älteste Sohn der Familie Inaba.«

»Dürfen wir das Zimmer sehen, in dem Euer Vater ermordet wurde?«, fragte der Richter.

»Es ist noch unrein«, erwiderte Yutaro missmutig. »Die Priester, die die Reinigungsriten vollziehen sollen, waren noch nicht da.«

Der Richter nickte, und Seikei wusste, dass dies gute Nachrichten waren. »Wir gehen das Risiko ein«, sagte Richter Ooka.

Während sie eine Treppe hinaufstiegen, fragte der Richter: »Hatte Euer Vater Feinde?«

»Keinen einzigen«, erwiderte Yutaro schnell – zu schnell, als dass er über die Frage nachgedacht haben könnte, fand Seikei. »Dies ist das Werk eines Einbrechers und die faulen Wachen sind schuld. Sie behaupten, nichts gesehen zu haben.«

»Ich würde sie gern befragen«, sagte der Richter.

Yutaro zuckte mit den Schultern. »Ich habe befohlen sie wegzuschaffen, denn wie soll man solchen Taugenichtsen noch vertrauen? Vielleicht sind sie längst hingerichtet worden.«

Der Richter zögerte. »Verdächtigt Ihr die Wachen, Euren Vater bewusst verraten zu haben?«

»Was spielt das schon für eine Rolle?«, antwortete Yutaro mit einer wegwerfenden Handbewegung. »Sie haben versagt. Warum sie versagt haben, interessiert mich nicht.«

Sie mussten mehrere Stockwerke hinaufsteigen, um zu Fürst Inabas Zimmer zu gelangen. Es lag in der obersten Etage des mächtigen Palastes. »Schlaft Ihr auch hier?«, fragte der Richter.

»Nein«, sagte Yutaro. »Mein Vater beanspruchte diesen Teil des Hauses für sich alleine. Meine Mutter ist tot.«

Sie waren noch keinen Meter durch den Flur gegangen, der zum Zimmer des ermordeten Daimyo führte, da quietschten die Bodendielen plötzlich laut – so laut, dass Seikei erschrocken zurückwich. »Das ist ein Nachtigallboden«, erklärte ihm Richter Ooka. »Die Holzbretter sind so verlegt, dass sie beim Betreten ›singen‹. So werden die Wachen gewarnt, dass sich jemand nähert.«

»Hat meinem Vater nicht viel geholfen«, sagte Yutaro zornig.

»Wo waren denn die Wachen?«, fragte der Richter, als sie vor der aufgeschnittenen Papiertür ankamen.

»Zwei haben direkt hier vor der Tür Wache gestanden«, erwiderte Yutaro.

»Dann hätten sie den Eindringling doch eigentlich bemerken müssen.«

»Ja, allerdings.« Der ungehaltene Ton in Yutaros Stimme steigerte sich.

»Wie kann es sein, dass sie dennoch versagt haben?«, wandte sich der Richter an Seikei.

Er erwartet, dass ich eine Antwort parat habe, dachte Seikei. »Vielleicht hatten sie gerade ihren Posten verlassen, um woanders einer Störung auf den Grund zu gehen?«, mutmaßte er.

Der Richter nickte. »Oder?«

»Oder sie haben geschlafen«, sagte Seikei. Allerdings müssen sie ziemlich tief geschlafen haben, fügte er in Gedanken hinzu.

»Beide?«, stieß Yutaro sarkastisch hervor.

Der Richter bedeutete Seikei mit einer Handbewegung fortzufahren. »Weiter?«

Seikei runzelte die Stirn. Offenbar war dem Richter etwas aufgefallen, was ihm selbst entging. Was konnte das nur sein? Plötzlich kam ihm eine Idee. Es war ein unmöglicher Gedanke, aber Richter Ooka hatte einmal zu ihm gesagt: »Wenn man die Antwort nicht kennt, muss man alle Möglichkeiten in Betracht ziehen, gleichgültig, wie unwahrscheinlich sie scheinen.«

»Vielleicht war der Eindringling unsichtbar«, wagte sich Seikei vor.

Yutaro schnaubte verächtlich und Seikei lief rot an. Doch der Richter lächelte nur milde und sagte: »Ja, das wäre auch eine Möglichkeit.« Dann schob er die Tür auf. »Lasst uns hineinsehen.«

Yutaro folgte ihnen nicht ins Zimmer, sondern blieb lauschend auf dem Flur stehen.

Die Leiche war bereits entfernt worden, doch der Geruch nach Blut hing noch immer in der Luft. Am Boden war ein dunkler Fleck zu sehen, der da, wo die Schlafmatte gewesen war, eine gerade Kante aufwies. Die Matte war ebenfalls verschwunden – wahrscheinlich würde sie verbrannt werden. Das Blut konnte erst dann aufgewischt werden, wenn die Shinto-Priester da gewesen waren, um die bösen Geister, die Kami, zu verscheuchen.

Richter Ooka deutete auf das Seil, das sich vom Wandhaken zum Fenster spannte. »Wenigstens wissen wir jetzt, wie der Mörder entkommen ist. Weggeflogen ist er jedenfalls nicht.«

Seikei fragte sich, ob dies wohl ein Seitenhieb auf seine Unsichtbarkeitstheorie sein sollte. Aber als hätte er seine Gedanken gelesen und wolle ihn beruhigen, fügte der Richter hinzu: »Er kann aber natürlich dennoch unsichtbar gewesen sein – nämlich wenn er ein Ninja war.«

Ein Ninja? Als Seikei noch ein Kind war, hatte seine Mutter ihn und seine Brüder mit Geschichten über die Ninja in Angst und Schrecken versetzt, wenn sie wieder einmal nicht brav gewesen waren. Ninja konnten nach Belieben kommen und gehen, denn sie hatten Zauberkräfte, mit denen sie sich unsichtbar machen konnten. Sie kamen bei Nacht, raubten schlafende ungehorsame Kinder und bestraften sie auf grausamste Art jenseits jeglicher Vorstellung.

»Ninja gibt es wirklich?«, fragte Seikei.

»Aber sicher doch«, erwiderte der Richter. »Sieh dir mal dieses Seil an. Es ist aus Seide, ein Seil, wie es Ninja verwenden. Leicht genug, um problemlos mitgeführt zu werden, aber robust genug, um einiges auszuhalten ... Hier, schau.«

Seikei gesellte sich zu seinem Adoptivvater ans Fenster und blickte hinunter. Bei dem Anblick wurde ihm sofort ganz schwindlig.

»Wie du siehst«, erklärte der alte Samurai, »musste der Mörder sich noch nicht einmal mit seinem ganzen Gewicht ans Seil hängen, sondern konnte sich beim Runterklettern mit den Füßen an der Mauer abstützen. Ein guter Fluchtweg.«

Er sah Seikei von der Seite an und Seikeis Magen zog sich zusammen. Würde ihn der Richter gleich auffordern, das Seil zu prüfen, indem er daran nach unten kletterte?

Doch stattdessen senkte Richter Ooka die Stimme zu einem Flüstern, als wollte er nicht, dass Yutaro ihn hörte: »Ist dir sonst noch etwas aufgefallen, was uns auf die Spur des Eindringlings führen könnte?«

Seikei untersuchte das Seil genau. Es war aus schwarzer Seide, und der Knoten, mit dem es am

Wandhaken festgebunden war, schien ein ganz normaler Sicherheitsknoten zu sein, wie ihn jeder knüpfen konnte.

Seikei sah sich im Zimmer um. Hatte der Mörder noch irgendwelche anderen Spuren hinterlassen? Die Waffe, mit der er dem Daimyo die Kehle aufgeschlitzt hatte, war jedenfalls nicht mehr da. Er folgte dem Blick des Richters.

Ja, da am Boden inmitten des getrockneten Blutes war ein Abdruck zu sehen. Irgendwas musste dort gelegen haben und von frischem Blut umspült worden sein. Seikei kniete sich daneben und begutachtete den Umriss. »Ein Flügel?«, fragte er dann verwirrt.

Der Richter nickte. »Wir müssen mit den Dienern sprechen, die die Leiche entfernt haben.«

Der Schmetterling

»Manchmal ist es von Nachteil, wenn man gefürchtet wird«, hatte der Richter einmal zu Seikei gesagt. »Dann kommt es vor, dass Leute Verbrechen gestehen, die sie gar nicht begangen haben.«

»Aber warum?«, hatte Seikei gefragt.

»Weil sie nicht gefoltert werden wollen.«

»Aber Ihr setzt doch gar keine Folter ein, um Geständnisse zu bekommen«, hatte Seikei verwirrt erwidert. Sein Adoptivvater hatte ihm mehr als einmal erklärt, dass solche Methoden der Wahrheitsfindung überhaupt nicht dienten.

»Leider wissen die Leute aber, dass ich könnte, wenn ich wollte.«

An dieses Gespräch musste Seikei denken, als sie den Dienern gegenüberstanden. Ihnen war deutlich anzusehen, dass sie Folter und Schmerz erwarteten. Fürst Inabas Sohn hatte sie mit keinem Wort beruhigt, sondern hatte sie wie eine Schar Hühner zusammentreiben und vor den Richter bringen lassen. Nun warteten sie im Erdgeschoss vor einem Schrein, in dem zu Ehren eines buddhistischen Heiligen eine Kerze brannte. Die Diener drängten sich eng zusammen. Als der Richter eintrat und sie die zwei Schwerter an seinem Gürtel sahen, die ihn als Samurai auswiesen, fielen sie hastig auf die Knie und stolperten in ihrem Eifer übereinander.

Es waren sieben Leute, fünf Frauen und zwei Männer. »Seht mich bitte an«, sagte der Richter und zögerlich blickten die Diener vom Boden hoch.

»Wer von euch hat Fürst Inabas Leiche aus dem Zimmer entfernt?«, fragte Richter Ooka.

»Wir haben den Befehl bekommen, es zu tun«, sagte einer der Männer mit schriller Stimme und der andere nickte eifrig dazu.

»Ich verstehe«, sagte der Richter ruhig. »Wann war das?«

»Gestern Früh, nachdem man ihn tot aufgefunden hatte«, antwortete der Mann.

»Wie heißt du?«

Der Mann sah sich ängstlich um, als bedaure er, sich gemeldet zu haben. Dann senkte er den Kopf und murmelte: »Doppo.«

»Und wer hat Fürst Inaba gefunden?«, fragte der Richter weiter.

»Eine der Wachen. Die sind schuld an allem. Wir haben in unseren Zimmern geschlafen.«

Die anderen nickten oder murmelten zustimmend.

»Hat außer den Wachen noch jemand den Raum betreten, bevor ihr den Leichnam weggebracht habt?«

Die zwei Männer wechselten einen Blick und nach einigem Zögern antwortete Doppo: »Nur Yutaro. Ich meine ... Fürst Inaba.«

»Der neue Fürst Inaba«, sagte der Richter nach einer kleinen Pause.

»Ja. Er ist jetzt unser Herr.« Doppo sah zu Yutaro hin, der sich an einer Seite des Zimmers aufgebaut hatte. Seikei sah, dass Yutaro der neue Titel gefiel, und genau das hatte Doppo wohl auch gehofft.

»Ihr habt das Zimmer also betreten, als die Leiche sich noch darin befand?«, wandte sich Richter Ooka an Yutaro.

Es war nicht zu übersehen, dass es dem Sohn des Ermordeten missfiel, genauso befragt zu werden wie seine Diener, doch der Richter war schließlich ein hoher Abgesandter des Shoguns und hatte damit die Macht, jeden zu foltern, der sich weigerte, ihm Auskunft zu erteilen.

Dennoch dauerte es eine Weile, bis Yutaro antwortete. Seikei sah ihm an, dass er abwog, welche Aussage am günstigsten für ihn sein würde. »Ja, das stimmt«, stieß er schließlich hervor.

Der Richter wandte sich wieder Doppo zu. »Als du den Leichnam aufgehoben hast – ist dir da irgendwas auf dem Boden aufgefallen?«

Doppo runzelte die Stirn. »Der Fürst lag auf dem Boden.«

»Er lag auf der Schlafmatte«, verbesserte ihn der Richter.

Doppo sah aus, als fühle er sich ertappt. »Nun, dann lag eben die Matte auf dem Boden. Das ist mir aufgefallen, natürlich.«

Der Richter blickte in die Runde. »Die Matte ist ebenfalls entfernt worden«, sagte er. »Wer war das?«

»Wir haben den Befehl bekommen, es zu tun«, antwortete eine der Frauen.

»Jaja, das ist mir schon klar«, sagte der Richter ungeduldig. »Wie heißt du?«

»Shiwo.« Die Frau war mittleren Alters und schien innerhalb der Dienerschaft etwas zu sagen zu haben. Ohne ermuntert worden zu sein, fügte sie hinzu: »Wir haben die Matte verbrannt, denn sie war unrein vom Blut des Fürsten.«

»Und das Blut am Boden ...«, begann Richter Ooka.

»Wir wollten es wegwischen, sobald die Shinto-Priester da gewesen sind«, sagte Shiwo. »Doch Ihr seid ihnen zuvorgekommen.«

»In der Tat. Als du die Matte weggebracht hast – ist dir da noch etwas anderes auf dem Boden aufgefallen?«

»Nur das Blut, genau wie Ihr gesagt habt.«

»Du hast eben gesagt, ›wir‹ haben Befehl bekommen, die Matte zu entfernen. Wer hat dir geholfen?«

»Niemand, Herr. Nur Hana.« Sie zeigte auf ein etwa zwölfjähriges Mädchen, das neben ihr kauerte. »Sie ist ein bisschen schwer von Begriff«, sagte sie mit einem Augenzwinkern in Richtung des Richters. »Ich glaube nicht, dass sie etwas weiß, was für Euch von Interesse wäre.«

Beim Klang ihres Namens erstarrte Hana voller Entsetzen. Ihre Augen, die auf Richter Ooka gerichtet waren, waren so angsterfüllt, als stünde sie einem Feuer speienden Drachen gegenüber.

Der Richter sah sie kurz an, dachte einen Augenblick nach und verkündete dann: »Ich möchte, dass ihr alle mit nach oben kommt und mir genau zeigt, was ihr in dem Zimmer gemacht habt.« Er hielt inne. »Nur Hana bleibt hier.«

Dann zog er Seikei zur Seite und flüsterte ihm zu: »Ich möchte, dass du Hana befragst. Vielleicht hat sie etwas vom Boden aufgehoben. Ich muss wissen, was das war.«

Seikei hätte ihn gern gefragt, wie er das anstellen sollte, wo das Mädchen doch stumm vor Angst war, aber dann wurde ihm klar, dass er das allein würde herausfinden müssen.

Nachdem die anderen weg waren, kniete das Mädchen sich in eine Zimmerecke, als hoffe es, dass Seikei es nicht bemerken würde. Er rückte näher. »Was sind deine Aufgaben hier im Haus?«, fragte er.

Hana konnte es kaum fassen, dass er sie angesprochen hatte. Doch als er sie freundlich anlächelte, antwortete sie leise: »Ich bin Mädchen für alles. Shiwo sagt mir, was ich zu tun habe.«

»Also hat sie dir gesagt, dass du ihr helfen sollst, die Matte aus Fürst Inabas Zimmer zu entfernen?«

»Ja. Ich hatte Angst. Ich hätte mich sonst nie da hineingetraut.«

»Das kann ich mir vorstellen«, sagte Seikei. Besonders mutig wirkte sie wirklich nicht.

»Und ich hätte auch nichts mitgenommen, was irgendwie wertvoll gewesen wäre«, fügte sie hinzu.

»Ach nein?« Seikei horchte auf.

Hana schlug sich die Hand vor den Mund, als habe sie schon zu viel gesagt.

»Wahrscheinlich war es doch gar nicht wertvoll«, half ihr Seikei auf die Sprünge.

»Nein, war es ja auch nicht«, sagte Hana. »Außerdem war es ganz dreckig. Außer mir würde es ohnehin keiner haben wollen, dachte ich. Und keiner würde es vermissen. Shiwo hätte es bestimmt nur verbrannt, wenn sie es gesehen hätte.«

Seikei überlegte fieberhaft, wie er das Mädchen dazu bringen sollte, ihm zu verraten, was es war. »Aber dem Richter ist es aufgefallen«, sagte er. »Richter Ooka entgeht nichts.«

Das Mädchen schwieg und auf einmal rann ihr eine Träne die Wange hinab. Ein weitere Träne folgte auf der anderen Seite und dann noch eine und noch eine. Im nächsten Augenblick schluchzte Hana völlig hemmungslos.

Damit hatte Seikei nicht gerechnet. Im Geiste sah er bereits den ganzen Raum unter Wasser stehen. »Hör auf damit!«, rief er.

Hana senkte den Kopf, damit er ihr Gesicht nicht

sehen konnte. »Wenn man uns beim Stehlen erwischt«, schniefte sie, »werden wir sofort entlassen. Und ich weiß nicht, wohin ich gehen sollte. Meine Eltern sind tot, und meine Großmutter hat gesagt, ich kann froh sein, hier eine Anstellung gefunden zu haben. Wahrscheinlich ist sie mittlerweile auch gestorben.«

Nach einer Weile beruhigte sie sich wieder so weit, dass Seikei sich traute, sie anzusprechen.

»Bist du nun fertig mit Weinen?«, fragte er.

Sie schüttelte den Kopf.

»Hör zu, ich habe eine Idee«, fuhr Seikei fort. »Wenn du mir das gibst, was du in Fürst Inabas Zimmer vom Boden aufgehoben hast, verrate ich niemandem etwas davon.«

Sie sah Seikei überrascht an. Die Tränen auf ihren Wangen brachten ihn immer noch aus der Fassung, aber er versuchte, es sich nicht anmerken zu lassen.

»Wirklich niemandem?«

»Nun, ich muss dem Richter davon erzählen«, sagte Seikei. »Aber ...«

Er hielt inne, denn das Mädchen schluchzte schon wieder. »Dann wird er mich bestrafen!«

»Nein, mach dir keine Sorgen, er ist sehr gütig. Ich bin mir sicher, dass er dir vergeben wird.«

Hana sah ihm in die Augen. »Schwört Ihr das?«

»Bei meiner Ehre als Samurai«, sagte Seikei und legte die Hand auf das Holzschwert, das er unter seinem Obi trug.

Plötzlich warf Hana sich vor ihm auf den Boden und schlang die Arme um Seikeis Knie. Er sah sich um, besorgt, dass jemand hereinkommen und ihn so sehen könnte.

»Lass mich los«, sagte er. »Und jetzt gib mir, was du gefunden hast. Und bitte schnell, bevor der Richter zurückkommt, sonst verzeiht er dir vielleicht doch nicht.«

»Oh.« Hana wich zurück und griff in ihren Kimono. Dann machte sie die Hand auf und gab den Blick auf einen kleinen Schmetterling frei.

Er war aus Papier gefaltet, blutbefleckt und mittlerweile etwas zerdrückt. Die roten Papierflügel waren mit schwarzen Punkten bemalt worden, und der zarte Falter sah aus, als könne er jeden Moment davonflattern.

»Ich war davon ausgegangen, dass den sowieso niemand mehr haben will«, sagte Hana leise.

»Vielleicht bringt er uns auf die Spur des Mörders von Fürst Inaba«, erwiderte Seikei.

Hana lächelte, als hätte Seikei versucht, sie auf den Arm zu nehmen. »*Den* werdet Ihr nie finden«, sagte sie.

»Und wieso nicht?«

»Weil es ein Ninja war. Alle Diener sagen das.«

»Aber woher wollen sie das wissen? Hat ihn jemand gesehen?«

»Natürlich nicht. Ninja kann man nicht sehen. Deswegen wissen sie ja, dass es einer war.«

Darauf fiel Seikei nichts mehr ein, aber er erinnerte sich an seinen Vorsatz, keine Möglichkeit außer Acht zu lassen.

»Wieso sollte ein Ninja Fürst Inaba töten?«, fragte er.

Hana zuckte mit den Schultern. »Es muss ihn jemand dafür bezahlt haben.«

»Und wer?«

»Das weiß ich nicht. *Ihr* seid doch die rechte Hand des Richters, oder nicht?«

Seikei ärgerte sich über sich selbst. Der Richter hatte ihm schon oft eingebläut: »Lasse nicht zu, dass die Leute, die du befragst, plötzlich anfangen, *dir* Fragen zu stellen.«

Doch bevor er antworten konnte, kam der Richter zurück. Er war allein und warf Seikei einen fragenden Blick zu. Seikei hielt den Schmetterling hoch.

»Sehr gut«, sagte Richter Ooka. Dann wandte er sich an Hana. »Danke, dass du dies für uns gerettet hast.«

»Ich ... ich dachte ...«, begann sie.

»Er hat aber nicht Fürst Inaba gehört, oder?«, fragte der Richter.

»Oh, nein.« Hana wirkte entsetzt. »Ich würde nie etwas mitnehmen, was dem Daimyo gehört.«

»Richtig so«, sagte der Richter. »Du kannst jetzt gehen.«

Das ließ sich Hana nicht zweimal sagen. Hastig stand sie auf und wich rückwärts zur Tür, wobei sie sich immer wieder vor dem Richter verbeugte. Vor dem Hinausgehen warf sie Seikei noch einen dankbaren Blick zu.

Richter Ooka nahm den Schmetterling in die Hand und drehte ihn hin und her.

»Was könnte es wohl damit auf sich haben?«, fragte Seikei.

»Dieser Schmetterling sagt uns, wer der Mörder ist«, antwortete der Richter.

Die Spur führt weiter

Seikei starrte seinen Adoptivvater verdutzt an. Er wusste natürlich um die Fähigkeit des Richters, mit seinem messerscharfen Verstand geniale Schlüsse zu ziehen, aber dass er den Fall allein beim Anblick eines Papierschmetterlings gelöst haben könnte, erschien ihm nun doch sehr unwahrscheinlich.

Der Richter schien Seikeis Verwunderung zu bemerken und lächelte. »Wir haben immer noch sehr viel zu tun, bevor wir des Mörders habhaft werden können«, sagte er.

»Aber wer ist es?«, fragte Seikei.

»Seinen Namen kenne ich natürlich noch nicht. Aber wie du weißt, muss man nur die Handlungen und Beweggründe eines Menschen kennen, und schon ist es genauso leicht, ihn zu finden, wie der Spur eines Rehs im Wald zu folgen. Wenn wir so beharrlich weitermachen wie bisher, wird das Reh irgendwann unweigerlich Rast machen, und dann fangen wir es.«

Unfassbar, dachte Seikei. »Das alles könnt Ihr an einem Schmetterling ablesen?«

»Dieser Schmetterling wird uns sogar noch viel mehr verraten. Während du dieses Beweismittel gefunden hast, habe ich anderweitig Nachforschungen angestellt und sehr interessante Dinge in Erfahrung gebracht.«

Er hielt inne, als Shiwo an der Tür auftauchte. »Möchtet Ihr vielleicht etwas zu essen?«, bot sie an.

»Das wäre äußerst zuvorkommend«, erwiderte der Richter. »Könntet Ihr es uns vielleicht gleich hier anrichten?«

»Sicher, was immer Ihr wünscht«, sagte sie.

Nachdem sie weg war, wandte sich Richter Ooka an Seikei. »Achte bitte auf die Qualität des Essens, das uns gleich gebracht wird.«

Seikei fragte sich, ob der Richter seiner Liebe zum Essen etwa mehr Aufmerksamkeit widmete als seinen Bemühungen, den Verbrecher dingfest zu machen. Doch sofort schalt er sich selbst für diesen respektlosen Gedanken.

Als der alte Samurai lächelte, senkte Seikei den Blick. Langsam hatte er das Gefühl, sein Adoptivvater könne wirklich Gedanken lesen.

»Weißt du noch«, fragte der Richter, »wie Yutaro, der neue Fürst Inaba, gesagt hat, der Angreifer sei ein Dieb?«

»Ja.« Seikei war froh, dass er so gut aufgepasst hatte.

»Ich habe ihn und die Dienerschaft oben gefragt, ob irgendwas gestohlen worden sei. Sie konnten mir keine Antwort geben – zumindest ist ihnen nicht aufgefallen, dass irgendetwas gefehlt hätte. Dann mutmaßte der junge Fürst, der Dieb sei wohl gestört worden, bevor er etwas habe stehlen können. Glaubst du, er hat Recht?«

Seikei überlegte fieberhaft. »Im Palast schliefen alle, niemand hat den Eindringling gesehen. Also kann ihn auch niemand gestört haben.«

»Ganz genau«, sagte Richter Ooka. »Und was hat uns Yutaro noch gesagt, was wir nun ebenfalls als unwahr verwerfen müssen?«

Diese Frage war schon sehr viel schwieriger. Seikei ging im Geiste alles durch, was Yutaro gesagt hatte. Da fiel es ihm plötzlich ein: »Er hat gesagt, sein Vater habe keine Feinde gehabt.«

Der zufriedene Ausdruck auf Richter Ookas Gesicht ließ Seikei vor Stolz erstrahlen. »Ganz genau.«

Shiwo erschien mit einem Tablett auf der Türschwelle. Als sie es absetzte, sah Seikei, dass darauf nur zwei Reisschälchen und eine kleine Portion Seetang mit Sojasoße standen. Daneben dampften zwei Tassen Tee. Seikeis Familie handelte seit fünf Generationen mit Tee, und er erkannte schon an dem bitteren Geruch, dass es sich bei diesem um mindere Qualität handelte. Es war beinahe eine Beleidigung, im Haus eines Fürsten solch ein karges Mahl vorgesetzt zu bekommen.

Und dann fiel ihm ein, dass der Richter ihn gebeten hatte, genau darüber nachzudenken.

Richter Ooka kommentierte die Mahlzeit mit keinem Wort, sondern nahm seine Stäbchen in die Hand und begann zu essen.

Kaum war Shiwo wieder gegangen, platzte es aus Seikei heraus: »Wieso bekommen wir hier so etwas vorgesetzt?«

»Nun, das ist wohl ein deutliches Zeichen dafür, dass wir hier nicht willkommen sind«, erwiderte der Richter.

Seikei schlang seinen Reis hungrig herunter, denn sein Frühstück auf dem Weg nach Edo war recht knapp ausgefallen. Es kostete ihn dann auch einige Mühe, seinen Appetit zu zügeln und seinem Adoptivvater den größten Teil des Seetangs zu überlassen.

Nachdem Richter Ooka die Schale abgestellt hatte, verschränkte er die Hände vor dem Bauch und schloss die Augen. Erstaunt sah Seikei, dass sich ein befriedigter Ausdruck auf seinem Gesicht breitmachte, als habe er soeben ein richtiges Festmahl genossen.

Jetzt konnte Seikei wohl nichts anderes tun, als warten. Bunzo hatte ihm beigebracht, wenn man wollte, dass die Zeit schnell verging, sollte man sich am besten auf ein Geräusch konzentrieren. Seikei dachte daran zurück, wie er die Geisha Umae einmal singen gehört hatte. Gerade war ihre Stimme beim höchsten Ton einer herrlichen Melodie angekommen …

Aber immer wieder schweiften seine Gedanken ab. Der Schmetterling – wie konnte der Richter daraus ersehen, wer der Mörder war? Und ja, wer war der

Mörder? Ein Feind von Fürst Inaba? Und was hatte das Essen, das ihnen vorgesetzt worden war, mit dem zu tun, was …?

»Ich muss gerade an ein wundervolles Festessen denken«, begann Richter Ooka plötzlich, während er die Augen weiterhin geschlossen hielt, »das ich bei einem Mann genossen habe, der gutes Essen genauso liebte wie ich. Hast du vielleicht schon mal Sobanudeln mit fein geriebener Yamswurzel und Wachteleiern gegessen?«

»Nein«, antwortete Seikei.

»Schade. Dann hättest du auch etwas, woran du nach einer bescheidenen Mahlzeit wie dieser hier denken könntest.«

»Ihr habt gesagt, dieses Essen bedeutet, dass wir hier nicht willkommen sind. Heißt das, wir müssen jetzt gehen?«

»Noch nicht«, sagte der Richter. »Erst möchte ich sehen, *wie* unwillkommen wir sind.« Er entspannte sich wieder, und Seikei wusste, dass jetzt wieder warten angesagt war.

Seikei machte nun auch die Augen zu und versuchte, an eine besonders leckere Mahlzeit zurückzudenken, die er einmal gegessen hatte. Er musste nicht lange überlegen. Okayu, der Reisbrei, den seine Mutter häufig machte. Okayu zu essen, hatte Seikei immer ein Gefühl der Sicherheit und Geborgenheit vermittelt, als könne ihm nie etwas Schlimmes widerfahren. Dabei war seine Kindheit keineswegs einfach gewesen.

Seikeis Vater – sein leiblicher Vater – hatte ihm immer eingebläut, er sei dumm. »Ein Samurai sein zu wollen! Es ist unmöglich, das weißt du doch! Und selbst wenn es doch möglich wäre – es würde dir nicht gefallen!«

Sein Vater hatte absolut nichts für die Fähigkeiten übrig, in denen ein Samurai geschult werden musste: Neben Bogenschießen, Schwertkampf und Mann-gegen-Mann-Freikampf musste ein Samurai in der Lage sein, Gedichte zu verfassen, Blumen kunstvoll zu stecken und sogar eine Teezeremonie zu leiten. Einzig und allein das mit der Teezeremonie leuchtete Seikeis Vater ein, aber alle anderen Fertigkeiten hielt er für nutzlos, da sich damit kein Geld verdienen ließ.

Seikei fiel es auch alles andere als leicht, diese Fertigkeiten zu erlernen (bis auf das Dichten, das er schon immer gern gemacht hatte, heimlich, damit sein Vater es nicht mitbekam). Manchmal dachte er, er würde all diese Künste nie beherrschen. Er hatte sich auch noch nicht das Recht erarbeitet, die beiden stählernen Schwerter – eines kurz, das andere lang – zu tragen, die nur Samurai tragen durften, sondern musste sich noch mit einem hölzernen begnügen. Doch Richter Ooka hatte einmal zu ihm gesagt: »Wenn dein Herz das eines Samurai ist, dann ist ein Holzschwert ebenso mächtig wie eines aus Stahl.«

Die Tür wurde aufgeschoben und Yutaro erschien auf der Schwelle. »Habt Ihr alles gesehen, was Ihr sehen müsst?«, fragte er.

Der Richter machte träge die Augen auf, als habe Yutaro ihn aus einem Nickerchen geweckt. »Ich habe den Mörder gesehen«, sagte er.

Yutaro wirkte verdutzt. »Wo ist er? Ist er noch einmal zurückgekommen?«, fragte er und sah sich hektisch im Raum um.

»Ich hätte besser sagen sollen: Ich habe gesehen, welches Wesen der Mörder hat«, erklärte Richter Ooka. »Was beinahe dasselbe ist.«

Yutaros Gesicht verdüsterte sich. »Ich erwarte aber mehr als das. Der Shogun hat gesagt, er würde mir seinen allerbesten Ermittler herschicken. Wenn das stimmt, dann frage ich mich, ob sich irgendjemand in Edo sicher fühlen kann.«

Der Richter neigte den Kopf. »Wir werden versuchen, unser Bestes zu geben«, versprach er, dann wandte er sich an Seikei. »*Jetzt* ist es Zeit, dass wir gehen.«

Yutaro begleitete sie zum Ausgang. Seikeis Ohren glühten, und er verstand beim besten Willen nicht, wieso der Richter sich auf diese Weise beleidigen ließ. Es drängte ihn, sein Schwert zu ziehen. Es war zwar aus Holz, aber immer noch stark genug, um Yutaro den Schädel zu spalten. Nur mit Mühe gelang es Seikei, seine Wut zu zügeln.

Draußen sagte Richter Ooka zu Seikei: »Wie ich sehe, machst du Fortschritte in der Kunst der Selbstbeherrschung. Aber ich konnte deinen Zorn dennoch spüren und ich vermute, Yutaro konnte das auch.«

»Aber seid Ihr denn nicht auch wütend?«, fragte Seikei.

»Sollte ich?«

»Yutaro hat Euch beleidigt.«

»Das war ganz klar seine Absicht, ja. Wäre ich jünger, hätte ich mich sicherlich versucht gefühlt, ihn zum Kampf aufzufordern. Was höchstwahrscheinlich dazu geführt hätte, dass einer von uns stirbt.«

»Ich bin überzeugt, Ihr wärt nicht der Verlierer gewesen.«

»Möglich. Aber es wäre unklug anzunehmen, nur weil jemand keine Manieren hat, könne er auch mit dem Schwert nicht umgehen. Selbst wenn ich ihn besiegt hätte, hätte ich dem Shogun berichten müssen, dass ich seinen Auftrag, Fürst Inabas Mörder zu finden, ausgeführt habe, indem ich dessen Sohn, den neuen Fürsten Inaba getötet habe.« Der Richter sah Seikei eindringlich an. »Und was meinst du, was der Shogun mir dann befohlen hätte?«

Seikei hätte sich gern um die Antwort gedrückt. »Er hätte erwartet, dass Ihr Seppuku begeht, Selbstmord.«

»Und ich wäre ihm dafür dankbar gewesen, denn es hätte mich vor der Schande bewahrt, je wieder solch einen dummen Fehler zu begehen.«

»Aber Eure Ehre als Samurai …«, begann Seikei.

»Wenn du denkst, deine Ehre bestünde darin, jeden Hund zu erschlagen, der dich ankläfft«, schnitt der Richter ihm das Wort ab, »dann wirst du deine Zeit nur noch damit verbringen, Hunde zu jagen. Darin liegt keine Ehre.«

Er führte Seikei um Fürst Inabas Palast herum und deutete auf das Fenster weit über ihnen, aus dem der Eindringling sich abgeseilt hatte. »Es erfordert Mut, aus solch einer Höhe herunterzuklettern«, sagte der Richter. »Und es wäre ehrenhaft, solch einen Menschen zu fassen.«

Seikei sah sich den schneebedeckten Boden um sich herum an. Bis auf ein paar Tierspuren war nichts zu erkennen. Der Richter deutete auf die Pfotenabdrücke. »Ein Fuchs.«

»Ja. Es muss weitergeschneit haben, sodass die Spuren des Mörders verdeckt wurden.«

»Vielleicht«, sagte Richter Ooka. »Und jetzt wollen wir mit den Wachen sprechen, die ihn zu Fürst Inabas Zimmer durchgelassen haben.«

Damit stiegen sie auf ihre Pferde und machten sich auf den Weg zum Palast des Shoguns. Sie kamen nur langsam voran, denn die Stadt war wie immer voller Menschen. Samurai, deren eng gewickelte Kosode-Gewänder mit den Wappen ihres jeweiligen Daimyo verziert waren, stolzierten durch die Straßen, allzeit bereit, die Überlegenheit ihres Herrn über alle anderen Fürsten zu beweisen. Sicherlich hätten auf den Straßen pausenlos blutige Auseinandersetzungen stattgefunden, hätte der Shogun nicht alle Kampfhandlungen innerhalb der Stadt untersagt und bei Zuwiderhandeln die Todesstrafe angedroht.

Immer wieder wurden dem Richter im Vorbeireiten neugierige Blicke zugeworfen. Das Wappen auf seinem Kimono wies ihn als Abgesandten des Shoguns aus, doch er wurde schon wegen seiner unverwechselbar massigen Gestalt von vielen als der berühmte Richter Ooka erkannt. Einige Samurai senkten sogar respektvoll den Kopf, und Ladeninhaber, die auf die Schwelle hinausgetreten waren, um Kunden anzulocken, verbeugten sich tief. Obwohl keiner dieser Leute auf Seikei achtete, war dieser dennoch stolz auf den Respekt, der seinem Adoptivvater gezollt wurde.

Plötzlich zog der Richter an den Zügeln und brachte sein Pferd zum Stehen. »Hai!«, schrie er. »Tatsuno!«

Seikei sah in die Richtung, in die Richter Ooka blickte. Da stand ein schmächtiger, heruntergekommen wirkender Mann mit einem schlichten braunen Kimono. Sobald er den Richter rufen hörte, wirbelte er herum und verschwand zwischen zwei Geschäften in einer schmalen Gasse.

»Hinterher!«, sagte der Richter zu Seikei. »Ich will mit ihm sprechen.«

Ein Ninja geht ins Netz

Seikei trieb sein Pferd voran, hinein in die Gasse, in der der Mann verschwunden war. Doch schon bald wurde es darin zu eng für das Pferd. Seikei sprang ab und rannte zu Fuß weiter.

Es war dunkel in der Gasse. Die Besitzer der anliegenden Läden hatten sie zum Schutz ihrer hier gelagerten Waren überdacht. Im Zwielicht konnte Seikei geflochtene Körbe und Holzkisten ausmachen, die entlang der Mauern aufgestapelt waren – aber nirgendwo einen Mann.

Bestimmt versteckt er sich hinter den Kisten, dachte Seikei. Die Hand am Griff seines hölzernen Schwertes, schob er sich vorsichtig von einer Kiste zur nächsten. Der Mann hatte zwar vorhin kein Schwert gehabt, aber er konnte ja dennoch über eine andere Waffe verfügen.

Plötzlich bewegte sich etwas weiter oben in der Gasse. Seikei konnte für einen kurzen Augenblick den Rücken eines braunen Kimonos sehen. »Stehen bleiben!«, rief er und rannte hinterher.

Aber der schmächtige Mann flüchtete wieder genauso flink wie zuvor. Seikei blieb ihm auf den Fersen, überzeugt, dass er ihn jeden Moment einholen würde.

Auf einmal schoss ihm ein scharfes Stechen durch die rechte Fußsohle, und als er den linken Fuß aufsetzte, erging es diesem ebenso. Vor Schmerz schreiend hüpfte Seikei von einem Bein aufs andere, taumelte rückwärts und schlug schließlich auf dem Boden auf.

Es war sein Glück, dass er nach hinten stürzte, denn als er den Boden vor sich abtastete, fand er einen Haufen scharfer, spitzer Metallgegenstände. Er hob einen auf und untersuchte ihn. Ein fieses kleines Ding, fünf Stacheln, die strahlenförmig aus einer Kugel herausragten. Egal, auf welcher Seite es lag, zwei Stacheln würden immer nach oben zeigen, bereit, sich in jeden Fuß zu bohren, der auf sie trat. Offenbar hatte der Mann, den Seikei verfolgte, sie hier ausgestreut.

Vorsichtig zog Seikei seine Sandalen aus und zupfte die spitzen Dornen heraus, die sich in seine Schuhsohle gebohrt hatten. Zum Glück war seine Haut nur oberflächlich verletzt, die Strohsandalen hatten ihm einen gewissen Schutz geboten.

Dennoch schämte er sich sehr, als er durch die Gasse zurückhumpelte.

Er hatte es nicht geschafft, die Aufgabe zu erfüllen, die der Richter ihm auferlegt hatte.

Doch Richter Ooka war nicht mehr da. Er war mitsamt den Pferden spurlos verschwunden. Seikei sah ratlos die Straße hinauf und hinunter. Der Richter hatte ihn auch schon früher das eine oder andere Mal allein gelassen, doch normalerweise hatte er ihm vorher gesagt, was er zu tun hatte.

»Folge dem Pfad.« Wie aus dem Nichts kamen ihm diese Worte in den Sinn. Immer wieder hatte der Richter sie verwendet, um zu erklären, wie man einen Verbrecher fassen konnte. Nun, dieser Pfad hatte ihn in diese Gasse geführt, doch hier war so schnell kein Durchkommen. Und wenn er es jetzt mit einem Umweg versuchte?

Er bog an der nächsten Ecke ab, dann noch einmal, und erblickte auf einmal das andere Ende der Gasse. Und zu seiner Überraschung entdeckte er hier seinen Adoptivvater – er saß rittlings auf dem Mann, der vor Seikei geflüchtet war.

Als der Richter Seikei erblickte, winkte er ihn ungeduldig herbei. Seikei rannte auf die beiden zu.

»Wo warst du denn?«, rief ihm der Richter entgegen. »Ich dachte, du kommst hier entlang.«

»Ich hab mir die Füße an irgendwelchen spitzen Dingern aufgeschlitzt«, erklärte Seikei.

»Tatsuno!« Richter Ooka klatschte dem unter ihm liegenden Mann die flache Hand zwischen die Schulterblätter. »Hast du etwa Tennen-bishi ausgestreut?«

»Tut mir leid.« Tatsunos Stimme klang gedämpft, als er versuchte, das Gesicht vom Boden zu heben. »Das waren doch nur ganz kleine.«

»Wieso bist du weggelaufen?«

»Ich habe Euch nicht erkannt. Ich dachte, jemand wollte mich ausrauben.«

»*Dich* ausrauben?« Der Richter bog sich vor Lachen, was Tatsunos Lage nur noch unbequemer machte. »Das machst ja wohl eher *du* bei anderen Leuten, nicht wahr?«

»Das war doch alles nur ein Missverständnis«, beteuerte Tatsuno. »Und es ist ja auch niemand zu Schaden gekommen.«

»Du warst vorletzte Nacht nicht zufällig in Fürst Inabas Palast?«, fragte der Richter.

»Nein, nein, Euer Ehren. Damit habe ich nichts zu tun.«

»Womit?«

»Mit ... Na ja, es hat sich herumgesprochen, dass Fürst Inaba ermordet wurde. Ganz Edo spricht von nichts anderem.«

»Und alle denken, es war ein Ninja?«, bohrte der Richter weiter.

»Tja, so ist das immer«, sagte Tatsuno mit einem Anflug von Selbstmitleid. »Wenn etwas Schlimmes passiert, wird sofort ein Ninja beschuldigt.«

»Tatsuno ist nämlich ein Ninja«, erklärte Richter Ooka seinem Adoptivsohn.

»Tatsächlich?« Seikei musterte den mageren Mann, der völlig zerkratzt im Dreck lag. Als seine Mutter ihn vor den blutrünstigen Ninja gewarnt hatte, hatte er sich wahrlich etwas anderes darunter vorgestellt als jemanden wie Tatsuno.

»Ich habe mich zur Ruhe gesetzt«, erklärte Tatsuno würdevoll. »Ich bin jetzt Lehrer.«

»Besorg mir ein Seil«, forderte der Richter Seikei auf. »Wir müssen ihn fesseln, damit er nicht entkommt.«

»Das ist nicht nötig«, protestierte Tatsuno und fügte schmeichlerisch hinzu: »Euch entkommt doch ohnehin niemand, Euer Ehren.«

»Das stimmt, aber ich habe keine Lust, meine kostbare Zeit mit irgendwelchen Verfolgungsjagden zu vergeuden«, knurrte der Richter.

»Die wird es auch nicht geben, das verspreche ich, Euer Ehren.«

»Gut. Ich habe nämlich eine Aufgabe für dich«, sagte Richter Ooka.

Tatsuno zeigte sich wenig begeistert. »Eine Aufgabe?«

»Bring mir das Seil«, wiederholte der Richter zu Seikei gewandt und zeigte auf sein Pferd, hinter dessen Sattel ein Seil aufgerollt war.

»Also gut, ich tue es!«, stöhnte Tatsuno. »Ich tue es, was auch immer es ist.«

»Und du versuchst auch nicht wieder zu fliehen?«

»Nein.«

»Habe ich dein Ehrenwort als Ninja?«

»Jaja, Ehrenwort.«

Der Richter erhob sich. Ächzend rappelte sich auch Tatsuno auf, und während er sich den Staub abklopfte, fiel Seikei sein lauernder Gesichtsausdruck auf – Tatsuno war sichtlich angespannt, als erwarte er, dass gleich etwas Schreckliches geschehen würde. Der Richter hatte ihn ganz schön eingeschüchtert.

»Worin besteht die Aufgabe?«, fragte Tatsuno.

»Zunächst machen wir uns auf den Weg zum Gefängnis«, verkündete der Richter.

»Ich dachte, wir hätten eine Abmachung«, sagte Tatsuno bestürzt.

»Die gilt auch weiterhin. Keine Sorge, wir stecken dich nicht in die Zelle – es sei denn, ich erhalte neue Informationen, die das notwendig machen. Vorerst statten wir nur ein paar Gefangenen einen Besuch ab.«

Damit stieg Richter Ooka auf sein Pferd und Seikei tat es ihm nach. Tatsuno warf einen Blick auf Seikeis Hengst. »Das Pferd sieht kräftig genug aus für uns beide.«

»Nichts da, du gehst zu Fuß neben mir her«, entschied der Richter. »Und jetzt sag mir alles, was du über den Mord an Fürst Inaba gehört hast.«

Aber offenbar wusste Tatsuno so gut wie gar nichts, ja er erinnerte sich nicht einmal mehr daran, wer ihm von dem Mord erzählt hatte. »Wahrscheinlich habe ich in einem Sakeladen davon gehört«, sagte er. »Ihr wisst doch, da reden die Leute alles Mögliche, ob es wahr ist oder nicht.«

»Am Tatort weist wirklich vieles darauf hin, dass ein Ninja der Mörder gewesen ist«, sagte der alte Samurai schließlich.

»Hab ich's nicht gesagt?« Tatsuno schüttelte den Kopf. »Immer wenn was Schlimmes passiert …«

»Niemand hat den Mörder gesehen«, unterbrach der Richter ihn. »Nicht einmal die Wachen. Und er ist entkommen, indem er sich aus einem hoch gelegenen Fenster abgeseilt hat.«

Tatsuno zuckte mit den Schultern. »Das könnte jemand auch gemacht haben, um den Ninja die Sache anzuhängen. Die Leute hören von ein, zwei Tricks, die die Ninja draufhaben, und denken, mehr gehört nicht dazu, um ein Ninja zu sein.«

»Wo warst *du* denn eigentlich vorletzte Nacht?«, fragte Richter Ooka.

»Ich, Euer Ehren?« Tatsuno wirkte zutiefst gekränkt. »Ich habe tief und fest im Haus meines Vetters geschlafen.«

»Und wo ist das?«

»Im Bezirk Hongo, ganz weit weg vom Palast des Fürsten.«

»Und dein Vetter kann das bestätigen?«

»Das will ich ihm geraten haben. Ähm … Ja, aber sicher kann er das, Euer Ehren.«

Das Gefängnis bestand aus mehreren hässlichen grauen Steingebäuden. Bei ihrem Anblick lief Seikei jedes Mal vor Angst ein Schauer über den Rücken. Das Gelände war so groß wie ein landwirtschaftlicher Hof und genauso schwer zugänglich wie der Sitz eines Daimyo. Richter Ooka, Seikei und Tatsuno mussten erst über einen Wassergraben, dann durch ein bewachtes Tor in der dicken äußeren Ringmauer, die das Gefängnis umgab, und schließlich über einen weiteren Wassergraben.

Und obwohl die Wachen Richter Ooka als hohen Abgesandten des Shoguns erkannten, mussten sie lange warten, bis endlich der Gefängnisleiter aus dem Hauptgebäude herüberkam. Der Mann war Mitglied der Familie Ishide, die das Gefängnis schon seit Generationen leitete, seit der erste Tokugawa Shogun geworden war. Nur die Ishides waren bereit, diese Aufgabe zu übernehmen.

Der Richter erklärte Ishide-san, er wolle mit den beiden Männern sprechen, die Fürst Inaba bewacht hatten.

Ishide-san seufzte tief. »Wir müssen sie zu ihrem eigenen Schutz in Ketten halten. Sie haben schon mehrmals versucht, sich umzubringen. Wenn Ihr sie zum Tode verurteilt, werden sie nur allzu willig sein, das Urteil selbst zu vollstrecken.«

»Jetzt möchte ich erst mal mit ihnen reden«, sagte Richter Ooka.

Der Gefängnisleiter führte sie zu einem etwas gepflegter aussehenden Gebäude. Seikei wusste, dass hier nur Gefangene mit Samurai-Status einquartiert waren. Jeder hatte eine Einzelzelle, und wenn er genug Geld besaß, konnte er sich gutes Essen, bequemeres Mobiliar und andere Annehmlichkeiten von außerhalb der Gefängnismauern kommen lassen.

Fürst Inabas ehemalige Wächter verfügten über keinerlei Komfort. Sie teilten sich eine Zelle und ihre Füße waren an der Wand festgekettet. Eine zweite Kette fesselte ihnen die Hände auf dem Rücken. »Macht ihre Hände los«, befahl der Richter, sobald er die Zelle betrat.

Der Gefängnisleiter wollte zunächst etwas einwenden, zuckte dann aber nur mit den Schultern. »Auf Euren Befehl und Eure Verantwortung.«

Die Männer rührten sich kaum, als die Ketten von ihnen abfielen. Richter Ooka baute sich vor ihnen auf. »Ihr seid also die beiden, die Fürst Inabas Schlafgemach bewachen sollten?«

»Ja, Euer Ehren«, sagten sie wie aus einem Mund. Und der eine fügte hinzu: »Wir hätten Seppuku begehen sollen, sobald wir von dem Mord erfahren haben.« Der andere nickte und sagte: »Würden Euer Ehren uns die Gnade erweisen und uns jetzt diesen ehrenvollen Tod erlauben?«

»Erst einmal möchte ich meine Fragen beantwortet haben. Ihr wirkt auf mich nicht wie achtlose, nachlässige Leute. Wart Ihr in jener Nacht eingeschlafen?«

Die Gefangenen senkten den Kopf. »Ja«, sagte der eine. »Obwohl es mir eher wie ein böser Zauber vorkam denn wie Schlaf.«

»Was soll das heißen?«, hakte der Richter nach.

»Ich habe dabei von einem Fuchs geträumt«, erinnerte sich der Mann. »Von einem Fuchs, der zu mir sprach. Es kam mir überhaupt nicht seltsam vor. Ganz anders, als wenn man etwas träumt. Deswegen war, als ich wieder aufwachte, mein erster Gedanke, dass ein Fuchs in Fürst Inabas Zimmer eingedrungen sei.«

Während er erzählte, beobachtete Seikei, dass die Geschichte bei Tatsuno merkwürdige Reaktionen hervorrief: Bei der Erwähnung des sprechenden Fuchses zuckte er heftig zusammen und starrte Richter Ooka an, als habe er etwas ganz Wichtiges zu sagen.

»Ich weiß«, murmelte der Richter beruhigend in Tatsunos Richtung. »Ich erinnere mich.«

Dann wandte er sich wieder an den Gefangenen. »Was hat der Fuchs zu Euch gesagt?«

Der Wächter überlegte verwundert. »Ich kann mich nicht so recht erinnern. Ich weiß nur, dass es eine nette Unterhaltung war, so als wären wir Freunde.«

»Ja«, schaltete sich der andere Gefangene ein und der erste sah ihn überrascht an. »Ich habe mich bisher aus Scham nicht getraut, es zu sagen, aber ich hatte den gleichen Traum. Mir hat der Fuchs gesagt, ich sei ein tapferer, wachsamer Samurai, ein ehrenwerter Vertrauensmann unseres Fürsten ...« Er hielt inne, schluckte einmal und sagte dann: »Von wegen. Der Fuchs hat mich angelogen.«

»Kommen wir zu der Feier«, sagte Richter Ooka. »Man hat mir gesagt, an jenem Abend seien viele Gäste im Haus des Fürsten gewesen.«

»Ja, er war gerade für das kommende Jahr nach Edo zurückgekehrt und hatte aus diesem Anlass viele seiner Freunde eingeladen.«

»Und seine Feinde?«

»Fürst Inaba hatte keine Feinde«, erwiderte der Mann mit fester Stimme und der andere nickte zustimmend.

»Eine andere Frage«, sagte der Richter. »Habt Ihr auf der Feier irgendwas gegessen oder getrunken?«

Die Männer schwiegen und Seikei erriet mühelos, wieso. »Ein bisschen Sake«, brachte der erste Gefangene schließlich stammelnd hervor. »Nur eine Schale. Er war überhaupt nicht stark ...«

»Und wer hat ihn Euch serviert?«, unterbrach der Richter.

»Ein ... ein Weinschenk. Ich erinnere mich eigentlich recht gut an ihn ... Er hat mir die Schale mehrmals angeboten, bevor ich sie schließlich genommen habe.«

»War es einer der normalen Hausdiener?«

»Nein, ein Neuer. Ein dicker Mann, ganz übereifrig und aufmerksam.«

»Sah er so aus wie dieser Mann hier?« Richter Ooka deutete auf Tatsuno, dessen Gesicht nun noch blasser wirkte als zuvor.

»Nein, wie gesagt, er war sehr dick. Und dieser Mann hier ist dünn wie ein Essstäbchen.«

»Aber er weiß seine Erscheinung leicht zu verändern«, gab der Richter zu bedenken. »Seht Euch sein Gesicht genau an.«

Der Mann folgte seinem Befehl und schüttelte dann den Kopf. »Nein, ich bin mir sicher, dass er es nicht war. Der Weinschenk war um einiges älter, auch wenn durchaus eine gewisse Ähnlichkeit besteht.«

»Seht Ihr das genauso?«, wandte sich der Richter an den anderen Gefangenen.

Dieser nickte. »Der Mann hier wäre niemals in den Palast hineingekommen. Er sieht aus wie ein Bettler.«

Seikei sah ein zufriedenes Lächeln über Tatsunos Gesicht huschen. Der ist alles andere als ein Bettler, dachte Seikei, das steht schon mal fest.

»Eines möchte ich Euch noch zeigen«, sagte Richter Ooka, griff in seinen Kimono und holte den Papierschmetterling hervor.

Tatsuno schnappte hörbar nach Luft. Alle Blicke – bis auf den des Richters – waren sofort auf ihn gerichtet. Er keuchte vor Überraschung – und vor Angst, meinte Seikei zu erkennen. Richter Ooka wandte keine Sekunde den Kopf, doch ein kleines Lächeln umspielte seine Mundwinkel, als er den Schmetterling hochhielt, damit alle ihn sehen konnten.

Papiersuche

»Ihr wisst doch, was der Schmetterling bedeutet«, sagte Tatsuno. »Und Ihr habt mir nichts davon erzählt, als Ihr mir das Versprechen abgenommen habt, eine kleine Aufgabe zu erfüllen.«

»Von *klein* habe ich gar nichts gesagt«, erwiderte der Richter. »Im Gegenteil: Es handelt sich um einen Auftrag, den nur ein Ninja ausführen kann.«

Sie hatten das Gefängnis verlassen, nachdem die beiden Gefangenen das bestätigt hatten, was der Richter bereits wusste – der Schmetterling hatte nicht Fürst Inaba gehört. Der Mörder musste ihn mitgebracht haben.

Bevor sie gingen, befahl Richter Ooka dem Gefängnisleiter: »Lasst die beiden Männer frei und gebt ihnen auch ihre Schwerter zurück.« Der Befehl wurde widerspruchslos entgegengenommen. Als sie draußen standen, fragte Seikei: »Werden sie Selbstmord begehen, wenn sie ihre Schwerter wiederhaben?«

»Wenn sie meinen, dass ihre Ehre es verlangt, ja«, antwortete der Richter.

»Sie hätten den Sake nicht trinken dürfen«, sagte Seikei. »In Daidoji Yuzans Buch steht, das Verhalten eines Kriegers müsse jederzeit einwandfrei sein.«

»Das ist wahr«, sagte der Richter. »Überhaupt stehen viele kluge, ehrenhafte Dinge in diesem Buch und in anderen Büchern auch. Doch man sollte Menschen nicht nach den Weisheiten eines Buches beurteilen, sondern nach dem, was in ihren Herzen ist.«

»Ich bin kein Samurai«, ging Tatsuno dazwischen. »Ich werde für Euch ganz sicher keinen Selbstmord begehen.«

Jetzt konnte Seikei seine Neugier endgültig nicht mehr im Zaum halten. »Was bedeutet dieser Schmetterling denn nun?«, fragte er.

»Dass der Mensch, der ihn dagelassen hat, nicht zu fassen ist«, erklärte Tatsuno. »Schon der Versuch, ihn zu ergreifen, könnte einen das Leben kosten. Es wäre am besten, Ihr brecht die Suche ab.«

»Aber Ihr seid doch ein Ninja«, protestierte Seikei. »Wie könnt Ihr mit so einer Niederlage leben?«

»Mit Leichtigkeit, das kann ich dir versichern. Anders als ein Samurai möchte ein Ninja den nächsten Sonnenaufgang noch erleben, um wieder in den Kampf ziehen zu können.«

»Das spielt jetzt keine Rolle«, mischte sich der Richter ein. »Ich will gar nicht, dass du den Mann findest, der den Schmetterling hinterlassen hat, Tatsuno.«

»Was wollt Ihr dann von mir?«

»Das wirst du früh genug erfahren«, antwortete Richter Ooka. »Vorher müssen wir noch ein, zwei andere Orte aufsuchen.«

»Wenn wir zum Palast des Shoguns wollen, muss ich mir aber einen besseren Kimono anziehen«, wandte Tatsuno ein.

»Nicht nötig«, wehrte der Richter ab. »Wir gehen lediglich zu einem Papiermacher.« Er warf Seikei einen Blick zu. »Zu einem alten Bekannten.«

Seikei verstand diese Bemerkung erst, als sie den Bezirk betraten, in dem die Papiermacher ihre Geschäfte hatten. Das letzte Mal war er hier gewesen, kurz nachdem Richter Ooka ihn adoptiert hatte. Seikei war hergekommen, um sich bei dem Mädchen zu bedanken, dem er seine Adoption indirekt zu verdanken hatte.

Das Mädchen hieß Michiko, und Seikei hatte es an dem Abend kennengelernt, als er und sein leiblicher Vater in einer Herberge an der Tokaido-Straße übernachtet hatten. Weil er nicht schlafen konnte, war Seikei auf die Terrasse der Herberge hinausgegangen, um die Sterne zu betrachten, und dort hatte er Michiko getroffen, die aus irgendeinem Grund ebenfalls nach draußen gegangen war. Sie hatte sich einen Spaß daraus gemacht, ihm eine Geistergeschichte zu erzählen. Und die war so gruselig gewesen, dass er sich hinterher schlaflos auf seiner Matte gewälzt hatte. Nur aus diesem Grund hatte er den Geist gesehen, der einem ebenfalls in der Herberge nächtigenden reichen Daimyo einen kostbaren Edelstein gestohlen hatte. Am nächsten Morgen waren Michiko und ihr Vater, ein Papierhändler, des Diebstahls beschuldigt worden, und Richter Ooka war herbeigerufen worden, um das Verbrechen aufzuklären. Seikei hatte ihm erzählt, was er gesehen hatte, und der Richter hatte ihn mit seiner allerersten Aufgabe betraut. Nachdem Richter Ooka mit Seikeis Hilfe das Geheimnis gelöst hatte, waren Michiko und ihr Vater von jedem Verdacht freigesprochen worden, und der Richter hatte Seikeis sehnlichsten Wunsch erfüllt – er nahm ihn bei sich auf, um ihn als Samurai auszubilden.

Der Laden sah noch genauso aus wie damals. OGAWA – FEINSTE PAPIERWAREN UND SICHTSCHUTZE, stand auf einem blauen Banner über dem Eingang, und die Schrift war so kunstvoll geschwungen, dass Seikei sicher war, dass Michiko sie eigenhändig gemalt hatte.

Seikei und der Richter stiegen aus dem Sattel und banden ihre Pferde an einem Geländer vor dem Laden fest. Eine junge Bedienstete, die gerade die Veranda fegte, starrte sie mit aufgerissenen Augen an und stürzte dann ins Geschäft, um die Ankunft eines bedeutsam aussehenden Samurai zu verkünden. Nur wenige Sekunden später linsten zwei Augen durch den Türspalt und Seikei erkannte sie sofort: Es war Michiko.

Kaum hatte der Richter einen Fuß auf die Veranda gesetzt, wurde die Tür geöffnet. Michikos Vater erschien auf der Schwelle und verbeugte sich tief. Direkt hinter ihm stand Michiko, die Seikei flüchtig zulächelte, bevor sie sich ebenfalls verbeugte.

Der Richter, Seikei und Tatsuno folgten ihrem Beispiel, dann traten sie ein. Sofort erschien das Dienstmädchen und servierte ein Tablett mit Tee und Manju-Reiskeksen. An der Wand hing an einem Ehrenplatz eine Papierrolle, auf die ein Gedicht geschrieben war. Seikei erkannte die wunderschöne Handschrift des Dichters auf den ersten Blick – ein Werk von Basho, Japans größtem Schriftsteller. Die Schriftkunst eines Dichters war beinahe genauso wichtig wie seine Dichtung und diese Rolle musste außerordentlich kostbar sein.

Seikei bemerkte, dass auch Tatsuno die Rolle ansah, doch nicht etwa bewundernd, sondern eher abschätzend, beinahe als würde er überlegen, wie teuer er sie verkaufen könnte, falls es ihm irgendwie gelingen sollte, sie zu stehlen.

Diese Beobachtung brachte Seikei völlig durcheinander. Beinahe entging ihm, dass Ogawa-san, Michikos Vater, ihn angesprochen hatte. Aus dessen freundlichem Lächeln schloss Seikei, dass er soeben ein Kompliment erhalten hatte.

»Danke«, sagte Seikei und senkte den Kopf.

»Stimmst du mir zu?«, wandte sich Ogawa-san an seine Tochter.

Michiko warf Seikei einen Blick aus glänzenden Augen zu, dann antwortete sie: »Ich wusste schon, dass er das Herz eines Samurai hat, als er sich dafür eingesetzt hat, dass wir von dem falschen Verdacht freigesprochen wurden, Vater.«

»Ihr seid sicher sehr stolz, einen solch tapferen Sohn zu haben«, sagte Ogawa-san zu Richter Ooka.

»Er muss noch vieles lernen«, erwiderte der Richter. »Aber ich rechne es ihm hoch an, dass er sich nie entmutigen lässt.«

Alle nickten zustimmend, selbst Tatsuno, der Seikei doch erst seit zwei Stunden kannte. Schauspieler!, dachte Seikei. Doch da er wusste, dass der Richter niemals lügen würde, gönnte er sich einen Augenblick des Stolzes darüber, dass sein Adoptivvater ihn so schätzte.

Eine Weile plätscherte die Unterhaltung freundlich vor sich hin. Seikei wusste, dass die Ogawas dem Richter nur zu gern ihr edles Papier verkauft hätten, doch es hätte von schlechten Manieren gezeugt, wenn sie dieses Thema angeschnitten hätten, bevor der Richter es tat.

Schließlich wandte sich Richter Ooka an den Papiermacher. »Die Qualität des Papiers, das Ihr mir bei meinem letzten Besuch freundlicherweise verkauft habt, hat mich überzeugt.«

»Wir haben gerade einige Bögen hergestellt, die meiner bescheidenen Meinung nach noch besser sind«, sagte Ogawa-san und drehte sich dann zu seiner Tochter um. »Michiko, bring dem Richter bitte einige Muster zur Begutachtung.«

Michiko holte aus dem Nebenraum etliche Bögen cremeweißen Papiers. Sie reichte sie ihrem Vater, der sie wiederum an den Richter weitergab. Seikei sah Vater und Tochter an, wie stolz sie auf ihre Ware waren, doch darüber reden durften sie natürlich nicht.

Und sie hatten wirklich allen Grund, stolz zu sein. Die glatte Oberfläche des Papiers und die gleichmäßige Färbung waren ein wahrer Augenschmaus. Seikei stellte sich vor, wie es sich wohl anfühlen würde, einen Pinsel in pechschwarze Tusche zu tunken und damit kühn über das Blatt zu fahren, um ein herrliches neues Gedicht oder ein spannendes Bild zu erschaffen.

Auch der Richter verbarg seine Bewunderung nicht. »Könntet Ihr mir davon fünfzig Blatt liefern?«, fragte er mit Blick auf den Papierhändler.

Michiko und ihr Vater sahen sich an. Seikei wusste, dass fünfzig Blatt für sie ein großer Auftrag waren. »Wir haben im Augenblick nicht so viel auf Lager«, antwortete Ogawa-san, »aber wir könnten es innerhalb der nächsten Tage herstellen.«

»Es gibt keinen Grund zur Eile«, sagte Richter Ooka. »Ich arbeite ohnehin an einem Fall, der eine Reise nötig machen wird. Wenn wir wieder zurück sind, schicke ich Seikei hierher, damit er das Papier abholt.«

»Ich sichere Euch eine gleichbleibende Qualität zu«, versprach Ogawa-san.

»Daran hege ich keinerlei Zweifel«, sagte der Richter mit einem Nicken.

»Ihr habt noch gar nicht nach dem Preis gefragt.«

»Ich bin sicher, er wird angemessen und gerechtfertigt sein. Darüber müssen wir nicht verhandeln.«

»Eure Großzügigkeit erfüllt uns mit tiefer Dankbarkeit.« Ogawa-san senkte den Kopf.

»Wird Eure Reise Euch weit weg führen?«, fragte Michiko.

Es war für ein Mädchen ziemlich gewagt, sich mit einer solchen Frage ins Gespräch einzuschalten, und ihr Vater wies sie sogleich mit einer unwirschen Handbewegung zurecht.

»Es tut mir leid«, entschuldigte Michiko sich hastig. »Ich frage nur, weil ich sichergehen möchte, dass wir das Papier fertig haben, bis Seikei kommt.«

Sie warf Seikei ein Lächeln zu, das, da war sich Seikei ziemlich sicher, nur er bemerkte.

»Du musst dich nicht entschuldigen«, sagte der Richter. »Es ist immer gut, wenn junge Menschen Fragen stellen. Und um ehrlich zu sein, Ogawa-san, bin ich auch in der Hoffnung hierhergekommen, dass ich *Euch* eine Frage stellen kann.«

Ogawa-san sah seine Tochter an, als wollte er sagen: Siehst du nun, was du uns eingebrockt hast? Doch dann wandte er sich an den Richter: »Aber natürlich, fragt, was Euch beliebt.«

Richter Ooka holte den Schmetterling aus dem Ärmel seines Kimonos. Tatsuno beäugte ihn argwöhnisch, als fürchte er, das Tier könnte zum Leben erwachen und davonfliegen.

»Wisst Ihr zufällig, wer dieses Papier hergestellt haben könnte?«

Ogawa-san nahm den Schmetterling vorsichtig entgegen und drehte ihn in der Hand. »Er ist befleckt«, sagte er.

Der Richter nickte, ohne sich zur Herkunft der Flecken zu äußern. »Ihr könnt ihn gern auch auffalten.«

»Das wäre eine Schande«, wehrte Ogawa-san ab, »denn es ist ein wunderbares Stück Origami-Kunst. Wer immer dieses Papier zu einem Schmetterling gefaltet hat, war ein echter Künstler.«

Michiko beugte sich über seine Schulter, um den Schmetterling zu betrachten, und er sagte zu ihr: »Siehst du den Faserverlauf? Das sind Gampi-Fasern. Eine Arbeit von Bakkoro, meinst du nicht auch?«

»Ja, Vater«, stimmte sie ihm zu.

Ogawa-san gab dem Richter den Schmetterling zurück. »Sieht aus, als wäre er in einem Schrein gefaltet worden, für ein Tempelritual. Es gibt einen Mann, der dafür bekannt ist, dass er edles Papier für solche Anlässe herstellt. Sein Name ist Bakkoro. Er wohnt in der Provinz Shinano, weit im Norden. Das könnte also weitab von Eurer geplanten Reiseroute liegen.«

»Ganz im Gegenteil«, sagte der Richter. »Ihr habt mir soeben das erste Ziel unserer Reise genannt.«

Das Geschenk

»Darf ich Seikei etwas auf die Reise mitgeben?«, fragte Michiko.

»Bestimmt reisen sie mit leichtem Gepäck«, gab ihr Vater zu bedenken.

»Es ist nicht schwer«, versicherte sie. »Komm mit, Seikei, es liegt auf einem hohen Bord, da komme ich selber nicht dran.«

Seikei stand auf und sah seinen Adoptivvater fragend an. »Wenn eine junge Dame einem ein Geschenk anbietet, sollte man es dankend annehmen«, sagte Richter Ooka.

Michiko erhob sich, öffnete die Tür zum Nebenzimmer und winkte Seikei herbei. Nachdem sie die Tür hinter ihnen zugeschoben hatte, sagte sie: »Du bist größer geworden, seit wir uns das letzte Mal gesehen haben. Damals waren wir fast gleich groß, jetzt reiche ich dir gerade noch bis zur Schulter.«

Das schmeichelte Seikei, der selber gar nicht gemerkt hatte, wie er gewachsen war. Er hätte Michiko gern gesagt, dass sie seit ihrem letzten Treffen noch viel schöner geworden sei, doch er fürchtete, das würde als Antwort auf ihr Kompliment ziemlich lahm wirken.

»Ich wünschte, du hättest genug Zeit, mir von all den Fällen zu erzählen, bei deren Lösung du dem Richter geholfen hast«, sagte Michiko.

»So viele waren es gar nicht«, erwiderte Seikei. Er war ganz froh, dass er ihr nicht davon erzählen musste, wie er in einem Teehaus hatte arbeiten müssen, in dem Geishas verkehrten. Das hätte Michiko vielleicht als unehrenhaft angesehen.

»Und jetzt sollst du mit dem Richter auf Reisen gehen, aber bis ihr herkamt, wusste er noch gar nicht, wohin euch die Reise führt. Macht er so etwas öfter?«

Seikei lachte. »Ja. Er sagt, man muss dem Pfad folgen, wohin auch immer er einen führt.«

»Nun, der Richter ist ein sehr weiser Mann«, sagte Michiko. »Wahrscheinlich verstehe ich seine Methoden deswegen manchmal nicht. Weißt du, was ein seltsamer Zufall ist? Kurz bevor ihr gekommen seid, habe ich Bashos Reisetagebuch gelesen. Du weißt schon, den Bericht, den er auf seiner letzten Reise geschrieben hat.«

»Ja, davon habe ich gehört, aber ich hab das Buch nie gelesen«, sagte Seikei.

»Wenn du wiederkommst, um das Papier abzuholen, leihe ich es dir«, versprach Michiko. »Jedenfalls hat mich eure Reise und eure Methode, Verbrechen aufzuklären, an eine Stelle aus dem Buch erinnert.«

Sie nahm einen schmalen Band von einem Regalbord. Vorder- und Rückseite waren mit roten und gelben Ahornblättern wunderschön verziert, und Seikei fiel ein, dass Bashos letzte Reise im Herbst stattgefunden hatte.

»Möchtest du hören, was er geschrieben hat?«, fragte Michiko.

Seikei nickte. Am liebsten hätte er sich von ihr das ganze Buch vorlesen lassen! Michiko blätterte, bis sie eine bestimmte Passage gefunden hatte.

»Hier steht es«, sagte sie. »Er spricht darüber, dass er sich Sorgen mache, er sei schon so alt, dass er den Strapazen einer Reise womöglich nicht mehr gewachsen sei. Und dann sagt er: *Es machte mich nachdenklich, dass ich meine Wanderungen durch die entlegensten Gegenden in dem vollen Bewusstsein unternahm, mein Leben dabei aufs Spiel zu setzen. Und ich gelangte zu folgender Einsicht: Sollte ich auf meiner Reise zu Tode kommen, bedeutete dies nur, dass es der unabänderliche Wille des Himmels war. Dieser Gedanke weckte meine Lebensgeister wieder und verlieh mir neue Kraft.*«

Bei den bedeutungsvollen Worten des großen Dichters überlief Seikei ein ehrfürchtiger Schauder und ihn fröstelte, obwohl ein Holzkohleofen den Raum an diesem Wintertag erwärmte.

Michiko schien dies nicht zu bemerken. »Findest du nicht auch, dass dies das edle Gemüt von Basho genau widerspiegelt?«

»Doch, in der Tat«, sagte Seikei. Und es stimmte – das Zitat klang zwar einerseits erschreckend, doch andererseits war Bashos Einstellung, den Tod bedingungslos in Kauf zu nehmen, genau die Einstellung, die ein Samurai haben sollte.

»Oh! Fast hätte ich dein Geschenk vergessen«, rief Michiko. »Als ich an Bashos Reisebericht dachte, fiel mir etwas ein, was dir vielleicht gefallen könnte. Basho hatte auf der Reise nämlich ein kleines Schreibset dabei.« Sie zeigte auf das oberste Brett eines Wandregals. »Da liegt es, aber du musst es selbst herunterholen.«

Auch Seikei musste sich ziemlich strecken, um die nachtschwarze Lackschachtel vom Bord zu nehmen. Sie war klein – zu klein für ein Schreibset, wunderte sich Seikei. Doch weit gefehlt – in der Schachtel befanden sich zwei Schreibpinsel mit faltbarem Griff, kaum länger als ein Daumen. Als Michiko das Fach anhob, kamen darunter ein kleiner Tuschestein, ein Steinplättchen und sogar ein winziges Wasserfläschchen zum Anrühren der Tusche zum Vorschein.

»Und sieh mal da«, sagte Michiko und zog einen doppelten Boden unter der Schachtel heraus, auf dem mehrere Papierröllchen lagen. »Das Papier ist sehr dünn«, fuhr sie fort und rollte eines vorsichtig auf, »aber es bindet die Tusche gut, sie zerläuft überhaupt nicht. Wenn dir auf der Reise eine Idee für ein Gedicht kommt, kannst du es sofort niederschreiben, genau wie Basho seinerzeit.«

Seikei war sprachlos. »Das ist ein überaus großzügiges Geschenk«, stammelte er schließlich. »Ich habe nichts getan, um es zu verdienen.«

»Aber sicher doch«, widersprach Michiko. »Du hast dich so tapfer und ehrenhaft verhalten, wie es eines Samurai würdig ist.«

Seikei verbeugte sich. »Ich hoffe, du wirst nie Anlass haben, anders über mich zu denken.«

Michiko wollte etwas erwidern, hielt dann aber inne. Seikei bemerkte ihr Zögern und sah überrascht auf – normalerweise war Michiko in seiner Gegenwart nicht so zurückhaltend.

»Wahrscheinlich hältst du mich jetzt für ziemlich respektlos«, sagte sie, »aber ich habe ein seltsames Gefühl, was den Mann angeht, der euch begleitet. Ist er ein Freund von Richter Ooka?«

»Nein«, antwortete Seikei. »Nein, er ist ganz bestimmt kein Freund.«

»Das freut mich zu hören«, sagte Michiko. »Denn sonst würde ich kein böses Wort über ihn sagen. Doch so kann ich es ja aussprechen – du solltest auf der Hut sein, wenn er mit euch reist.«

»Wie kommst du darauf?« Wahrscheinlich war auch ihr nicht entgangen, wie Tatsuno auf Bashos Gedicht an der Wand gestarrt hatte.

»Es ist nur so ein Gefühl«, sagte Michiko. »Mir ist nicht wohl in seiner Gegenwart. Das kommt dir vielleicht albern vor, aber ich irre mich selten in solchen Dingen.« Sie sah zur Tür. »Wir sollten jetzt wieder zurückgehen. Versprich mir, dass du bald wiederkommst.«

Seikei musste an Bashos Worte denken. *Wenn der Himmel es will …*

Nachdem sie den Laden verlassen hatten, drückte der Richter Seikei einen Lederbeutel voller Münzen in die Hand. »Ich muss nun einem anderen Pfad folgen als du«, erklärte er. »Du wirst diesen Papiermacher Bakkoro aufsuchen. Er lebt in Minowa, in der Provinz Shimano. Zeig ihm das hier …«, er reichte Seikei den Schmetterling, »… und frage ihn, wer das Papier gekauft hat, aus dem er gefaltet wurde.«

»Meint Ihr, daran kann er sich noch erinnern?«, fragte Seikei.

»Das ist kein gewöhnliches Papier«, erwiderte der Richter. »Es wird nur in Schreinen verwendet, für religiöse Zwecke. Für das geübte Auge eines Papiermachers ist jeder Bogen einzigartig. Die Chancen stehen bestimmt nicht schlecht, dass er sich erinnert.«

Damit wandte sich Richter Ooka an Tatsuno. »Ich möchte, dass du Seikei begleitest.«

Tatsuno schien das nicht recht zu sein. Er sah den Richter mit großen Augen an. »Für eine solch einfache Aufgabe wird er meine Hilfe wohl kaum brauchen«, sagte er.

»Ich möchte, dass du für Seikeis Sicherheit sorgst und ihm beibringst, wie ein Ninja zu denken«, sagte der Richter.

Seikei zuckte zusammen. Jetzt, wo er endlich zum Samurai ausgebildet wurde, sollte er auf einmal ein Ninja werden?

»Das kann ich ihm unmöglich beibringen«, protestierte Tatsuno. »Es braucht jahrelange Übung, ein Ninja zu werden.«

»Ich möchte ja auch nicht, dass er ein Ninja *wird*«, erklärte Richter Ooka. »Es könnte nur sehr nützlich sein, wenn er ihre Denkweise versteht.«

Tatsuno trat unbehaglich von einem Fuß auf den anderen und sah zwischen dem Richter und Seikei hin und her. Es war klar, dass er Seikei abschätzte – und dass ihm das, was er sah, überhaupt nicht gefiel.

»Meinst du, er gibt einen guten Samurai ab?«, fragte der Richter.

Tatsuno zuckte mit den Schultern. »Er ist Euer Sohn, also ist er natürlich ein guter Samurai«, erwiderte er.

»Er ist mein Adoptivsohn. Sein leiblicher Vater ist Teehändler.«

Tatsuno musterte Seikei noch verächtlicher. »Tja, ihn nach Shinano zu diesem Papiermacher zu begleiten, wird wohl keine unlösbare Aufgabe sein«, gab er sich schließlich geschlagen.

»Ich möchte allerdings, dass ihr nach eurem Besuch bei dem Papiermacher noch weiterreist – in die Provinz Etchu«, sagte Richter Ooka.

»In Fürst Inabas Heimatprovinz?« Tatsuno zog überrascht eine Augenbraue hoch.

»Ja. Verkleidet euch. Redet mit möglichst vielen Leuten. Hört zu, was sie erzählen. Gerüchte, Beschuldigungen, Klatsch und Tratsch – ich will alles wissen, was über den Mord an Fürst Inaba so gesagt wird.«

»Und was genau sollen wir herausfinden?«, fragte Tatsuno.

»Ich möchte wissen, wer Fürst Inabas Feinde waren.«

Tatsuno überlegte einen Augenblick. »Aber festnehmen müssen wir niemanden, oder?«, fragte er dann.

»Nein, Tatsuno. Ihr seid nicht auf der Suche nach dem Fuchs. Ich will nur wissen, wer ihn zu Fürst Inaba geschickt hat.«

»Und wo werdet Ihr in der Zwischenzeit sein?«

»In Nara. Ich statte dem Gouverneur der Provinz Yamato einen Besuch ab«, erklärte der Richter.

Tatsuno seufzte. »Ich hätte mir gleich denken können, dass es nicht mit einem Besuch bei dem Papiermacher getan sein würde. Das klang zu einfach, um wahr zu sein.«

»Ach, und noch etwas …«, sagte Richter Ooka.

»Ja?«

»Wenn Seikei irgendwas zustößt, wird es in ganz Japan keinen Ort geben, an dem du vor mir sicher bist.«

Verdeckter Einsatz

Fünf Tage später hatten Seikei und Tatsuno bereits ein gutes Stück des Weges nach Minowa hinter sich gebracht. Seikei hatte sich die Haare abgeschnitten und sich des Kimonos entledigt, der ihn als Sohn einer Samuraifamilie auswies. Sein Holzschwert hatte er zum Schutz zwar immer noch bei sich, doch sein Pferd hatte er beim Eintritt in die Provinz Shinano, etwa drei Tagesritte nördlich von Edo, in einem Stall abgestellt.

»Wir erzählen überall, wir seien Pilger«, erklärte Tatsuno zu Beginn der Reise. »Wir wollen die heiligen Berge von Etchu besichtigen. Auf den Straßen sind so viele Pilger unterwegs, dass wir bestimmt nicht auffallen. Und wir können dadurch überall um eine Schüssel Reis und einen Platz zum Schlafen bitten.«

Er sah Seikei hämisch an. »Als Sohn eines Teehändlers bist du bestimmt eine viel luxuriösere Lebensweise gewohnt, aber ...«

»Ich komme schon zurecht«, sagte Seikei. »Ich bin jetzt der Sohn eines Samurai. Ich war auch schon auf der Tokaido-Straße unterwegs, teilweise mit einer Kabuki-Truppe, teilweise ganz allein.« Sofort biss er sich verärgert auf die Zunge. Warum hatte er das gesagt? Es war unter der Würde eines Samurai, mit seinen Taten zu prahlen.

»Pass bloß auf, dass der Geldbeutel nicht zu sehen ist, den der Richter dir gegeben hat«, sagte Tatsuno. »Auf der Straße sind jede Menge Diebe und andere Gesetzlose unterwegs. Vielleicht wäre der Beutel bei mir besser aufgehoben.«

»Nein danke, so dumm bin ich nicht«, wehrte Seikei ab.

Tatsuno antwortete mit einem Sprichwort: »Derjenige, der sich für klüger hält als alle anderen, ist in Wirklichkeit der Allerdümmste.«

»Dann besteht bei mir ja keine Gefahr«, sagte Seikei. »Ich weiß nämlich, dass ich zum Beispiel nie so klug sein werde wie Richter Ooka.«

»Aber auch er wird eines Tages seinem Meister begegnen«, gab Tatsuno zurück. »Und glaub mir, das wird der Tag sein, an dem er den Menschen findet, der den Schmetterling in Fürst Inabas Zimmer zurückgelassen hat.«

Seikei zögerte. Schon lange brannte ihm eine Frage auf der Zunge, doch er hatte immer gefürchtet, dass Tatsuno ihn für dämlich halten könnte. Vielleicht war ja jetzt der richtige Augenblick gekommen. »Was hat der Schmetterling zu bedeuten? Wieso macht er Euch solche Angst?«

»Aha, noch nicht einmal das weißt du also«, spottete Tatsuno. »Der Richter schickt dich, seinen eigenen Sohn, auf eine solche Mission, ohne dir zu sagen, in welcher Gefahr du dich befindest. Und trotzdem wird er von allen bewundert!«

»Ja, und er wird völlig zu Recht bewundert«, erwiderte Seikei eifrig. »Und *gefürchtet.*« Wieder bedauerte er seine Worte, kaum dass sie aus seinem Mund gekommen waren.

»Es ist nur vernünftig, jemanden zu fürchten, der einen auf der Stelle zum Tode verurteilen könnte«, entgegnete Tatsuno. »Genau deswegen ...« Er brach ab und bewies damit mehr Selbstbeherrschung als Seikei.

»Deswegen was?«, hakte Seikei nach.

»Nichts.« Tatsuno wischte die Bemerkung mit einer Handbewegung beiseite. »Ich kann dir sagen, warum der Täter diesen Schmetterling zurückgelassen hat – um den bösen Kami zu verscheuchen, den er freisetzte, indem er Fürst Inaba tötete.«

Seikei war so verblüfft, dass er stehen blieb und Tatsuno anstarrte. »Aber ... das würde bedeuten, dass er ein Shinto-Priester war.«

Tatsuno schüttelte den Kopf. »Nein, anders als die Priester widmet der Mörder sein Leben bestimmt nicht Shinto. Aber dieser Mann kann zweifellos Shinto-Rituale vollziehen.«

»Ich habe noch nie davon gehört, dass ein Priester zum Mörder geworden wäre«, sagte Seikei.

»Ich hab doch gesagt, dass er kein Priester ist. Hörst du mir denn gar nicht zu? Er ist ein Ninja – der Ninja, der sich Kitsune nennt, der Fuchs.«

Seikei schäumte vor Wut über die Zurechtweisung und war verwirrter als je zuvor.

Nachdem sie eine Weile schweigend weitergegangen waren, durchbrach Tatsuno die Stille. »Es ist einfach ungerecht, weißt du?«

»Was?«

»Dass ich für deine Sicherheit verantwortlich bin und dir die Denkweise der Ninja näherbringen soll. Ich schätze, du hast über Ninja nur gehört, dass sie schwarze Kimonos tragen und herumrennen und Leute umbringen.«

Seikei wollte nicht zugeben, dass das stimmte.

»Und natürlich auch, dass sie Zauberkräfte haben – dass sie sich unsichtbar machen oder Feinde durch einfache Handbewegungen besiegen können.«

Seikei schluckte. »Können sie das wirklich?«

»Sicher«, antwortete Tatsuno. »Aber das ist nur ein Teil ihres Wesens. Vor Hunderten von Jahren, als der Kaiser in Nara lebte und der Shogun aus der Fujiwara-Familie kam …«

»Augenblick mal«, unterbrach ihn Seikei. »Ich möchte wissen, wie Ihr Euch unsichtbar machen könnt.«

»Warum?«

»Na ja … Es klingt spannend. Und es könnte in manchen Situationen sehr nützlich sein.«

»Ja, das ist es in der Tat.« Tatsuno nickte ernst, als könnte er sich jederzeit unsichtbar machen, wenn ihm danach war.

Doch dann fiel Seikei etwas ein. »Wieso habt Ihr Euch nicht unsichtbar gemacht, als ich Euch in der Gasse verfolgt habe? Dann hätte Euch auch der Richter nicht fangen können.«

»Aber da *habe* ich mich doch unsichtbar gemacht. Du hast mich in der Gasse nicht sehen können, schon vergessen?«

»Ich habe Euch nur deswegen nicht sehen können, weil Ihr Euch hinter den Kisten versteckt hattet.«

»Ich habe dir vielleicht diese Illusion vermittelt – aber in Wirklichkeit war ich unsichtbar. Aber nachdem du weg warst, habe ich dummerweise alle Vorsicht über Bord geworfen – und deswegen konnte der Richter mich erwischen.«

»Ich glaub Euch kein Wort«, sagte Seikei.

Tatsuno zuckte mit den Schultern. »Ist mir gleich.«

Das ärgerte Seikei. »Wenn Ihr Euch wirklich unsichtbar machen könnt, dann beweist es – hier und jetzt.«

»Das ist doch kein Trick, den man zur Unterhaltung der Leute auf der Straße vorführt«, wehrte Tatsuno hochmütig ab. »Man muss dafür eine enge Verbindung zu den Naturgeistern haben.«

Seikei lachte. »Aha, und Ihr habt die also?«

»Wenn die Situation es erfordert, ja.« Tatsuno nickte.

»Tja, dann kann ich ja wohl nur hoffen, dass ich diese Situation mal erlebe«, sagte Seikei.

»Wenn das passieren sollte, schweben wir in großer Gefahr«, erwiderte Tatsuno.

Höchst unwahrscheinlich, dass es dazu kommt, dachte Seikei, während sie weitergingen. Auf der Straße ging es ausgesprochen friedlich zu. Nur wenige Menschen waren unterwegs. Ab und zu kamen Seikei und Tatsuno an einem Bauern oder Arbeiter vorbei, doch keiner von ihnen bedachte Seikei und Tatsuno mit neugierigen, geschweige denn mit feindseligen Blicken.

Als die Akashi-Berge noch in weiter Ferne gewesen waren, waren sie Seikei wunderschön vorgekommen. Die Gipfel waren frei von Schnee, und die grünen Kiefern und die nackten Ahornbäume, die ihre Hänge bewuchsen, boten ein idyllisches Bild.

Nun, da die Straße sich zwischen eben jenen Bäumen hindurchwand, war Seikei nur noch unendlich müde und völlig erschöpft. Je höher sie stiegen, desto kälter wurde es, und Seikei wünschte sich, er hätte sich wärmer angezogen. Doch alle anderen Kleider, die er besaß, hätten sofort verraten, dass er der Sohn eines wohlhabenden Samurai war.

Er war fest entschlossen, Tatsuno nicht um eine Rast zu bitten. Aber es war nicht gerade aufbauend, wie frisch sein Begleiter noch wirkte – er setzte so unerschütterlich einen Fuß vor den anderen, als habe er die Reise gerade erst angetreten.

In der ersten Nacht machten sie bei einem kleinen Schrein Halt, in dem drei Shinto-Priester wohnten. Die Familien aus der Umgebung unterstützten den Tempel mit regelmäßigen Reis- und Gemüsegaben. Und obwohl die Priester ihr Mahl freigiebig mit den beiden Gästen teilten, sah Seikei sofort, dass kaum genug Essen für alle da war. Später, als Tatsuno bei der abendlichen Gebetszeremonie war, opferte Seikei dem Kami des Schreins eine Münze – damit würden die Priester sich ein, zwei Fische zum Aufbessern ihrer Kost kaufen können.

Als Seikei am nächsten Morgen aufwachte, hatte es über Nacht geschneit. Die Bäume waren dick mit Schnee bedeckt, und der Boden sah so sauber und frisch aus, als wäre die Erde ganz neu erschaffen worden. Seikei brach bei diesem Anblick allerdings nicht gerade in Jubelschreie aus – der Schnee würde ihre Reise noch beschwerlicher machen.

Die Priester hingegen waren entzückt. Zur Feier des Tages öffneten sie zum Frühstück ein Glas Daikon, eingelegten Rettich, der für eine besondere Gelegenheit aufbewahrt worden war.

»Sie hatten in diesem Winter noch nicht viel Schnee«, erklärte Tatsuno. »Und ohne Schnee führen die Bäche im Frühjahr kein Wasser, was verhängnisvoll für den Ackerbau ist. Eine Missernte wiederum führen die Bauern darauf zurück, dass der Kami des Schreins schlecht gestimmt ist, und das lasten sie den Priestern an.«

Nach dem Frühstück wechselte Tatsuno ein paar Worte mit einem der Priester, woraufhin der den Raum verließ und kurze Zeit später mit ein paar Otterfellen zurückkam. »Die können wir uns um die Füße binden, dann frieren wir nicht so im Schnee«, sagte der Ninja zu Seikei.

»Ich werde dem Schrein etwas dafür opfern«, sagte Seikei.

»Nicht nötig, du hast gestern schon eine Münze hingelegt, wie ich gesehen habe.«

»Die war nur fürs Essen«, protestierte Seikei. »Die Otterfelle sind wertvoll.«

»Ja, aber die Priester glauben, unsere Anwesenheit habe den Kami so gut gestimmt, dass er den Schnee geschickt hat.«

Seikei war verwirrt. »Aber wieso ... Wie kommen sie darauf? Habt Ihr ihnen das gesagt?«

Tatsuno lächelte. »Ich habe nur erwähnt, du hättest eine enge Verbindung zu den Naturgeistern.«

»Aber es wäre unehrenhaft, aus solch einer Lüge einen Vorteil zu ziehen!«

»*Du* hast ja nicht gelogen«, sagte Tatsuno. »Außerdem – woher willst du wissen, dass es wirklich eine Lüge war? Du warst schließlich der Einzige, der gestern dem Schrein etwas geopfert hat, und der Schnee heute Morgen beweist, dass der Kami sehr gut gestimmt war.«

»Ich habe nie behauptet, ich stünde den Kami nahe.«

»Das beweist nur, wie demütig du bist. Eine Tugend. Und jetzt schlag dir die Felle um die Füße. Mit etwas Glück sind wir in Minowa, bevor die Nacht hereinbricht.«

Der Papiermacher

Es stellte sich heraus, dass Minowa ein hübsches kleines Dorf war, hoch auf der Kante einer steilen Felswand gelegen. Die Aussicht war so atemberaubend, dass Seikei am liebsten stehen geblieben wäre und sein Schreibset eingeweiht hätte, doch Tatsuno drängte ihn vorwärts.

»Wenn wir uns beeilen, erwischen wir den Papiermacher noch in seinem Laden«, sagte er. »Ich will nicht das Risiko eingehen, ohne Nachtquartier dazustehen.«

Bakkoro zu finden war nicht schwer. Obwohl kein Schild über seinem Laden hing, drang der stechende Geruch der Tororo-Samen aus seiner Tür, ein unverkennbarer Hinweis auf eine Papiermacherei. Aus dem Sameninneren dieser Hibiskuspflanze wurde ein Hauptbestandteil feinsten handgeschöpften Papiers gewonnen, und Seikei hatte den Duft, wenn auch nicht ganz so intensiv, schon im Geschäft der Ogawas gerochen. Michiko und ihr Vater stellten ihr Papier in einem separaten Zimmer her, doch hier, in diesem

Bergdorf, verfügte Bakkoro nur über einen einzigen großen Raum, der ihm als Werkstatt diente. Bestimmt hatte er normalerweise keine Laufkundschaft. Er fertigte Papier auf Bestellung und schickte es dann den Kunden zu.

Bakkoro sah nicht auf, als Seikei und Tatsuno den Laden betraten. Er hob gerade einen großen Bambusrahmen an, in dem sich das feuchte Papier abzeichnete – eine Mischung aus zermahlenen Holzfasern, Tororo-Samen und Wasser. Er schüttelte den Rahmen, ließ das überschüssige Wasser in einen Bottich fließen und hielt dann vorsichtig das durchscheinend dünne, glänzende Blatt hoch, das nach dem Trocknen feinstes Papier sein würde.

In diesem heiklen Stadium wäre schon der allerkleinste Fehler fatal gewesen, nicht nur für dieses eine Blatt, sondern für die ganze Arbeit des Tages. Denn Bakkoro musste das klebrige, erst halb trockene Blatt exakt auf den Stapel mit den anderen Blättern legen – millimetergenau.

Als der Papiermacher das Gesicht dem Licht zuwandte, sah Seikei, dass der Mann schon sehr alt war. Sein Gesicht war völlig zerfurcht und nur noch wenige weiße Haarsträhnen wuchsen auf seinem kahlen Schädel. Aber sein Gesicht spiegelte eine vollkommene Ruhe wider. Er schien diesen Akt des Papierschöpfens schon viel zu oft vollzogen zu haben, als dass er sich Sorgen machen müsste, dass etwas fehlschlagen könnte.

Bakkoro öffnete den Bambusrahmen und die untere Kante des Papiers streifte die darunterliegenden Blätter so sanft wie die Berührung der Flauschfedern neugeborener Küken. Dann beugte sich der alte Mann leicht nach vorn und rollte das Blatt so geschmeidig ab, dass es mit einem perfekten Abschluss über dem Papierstapel zum Liegen kam. Seikei atmete erleichtert aus. Ohne sich darüber bewusst zu sein, hatte er die ganze Zeit die Luft angehalten.

Bakkoro legte den leeren Rahmen beiseite und schien erst jetzt zu bemerken, dass Besucher im Raum waren. »Kann ich Euch behilflich sein?«, fragte er.

»Wir sind im Namen von Richter Ooka hier, dem offiziellen Abgesandten des Shoguns Tokugawa Yashimune«, verkündete Tatsuno übertrieben laut.

Seikei blinzelte verdutzt angesichts der Wichtigkeit, die sich Tatsuno selbst verlieh.

Bakkoros Gesicht verlor nichts von seiner Gelassenheit. »Ich fühle mich geehrt, dass Ihr mich in meiner bescheidenen Werkstatt aufsucht. Möchte der Richter ein bestimmtes Papier haben?«

»Nein.« Tatsuno schnippte mit den Fingern in Seikeis Richtung. »Zeig ihm den Schmetterling.«

Seikei hätte sich am liebsten geweigert. Tatsuno behandelte ihn, als sei er ein besonders minderbemittelter Diener. Doch sie waren nun einmal gekommen, um einige Dinge herauszufinden, also schluckte Seikei seinen Ärger hinunter und zog den Schmetterling aus seinem Kimono hervor.

Bakkoro richtete den Blick auf den Schmetterling, dann sah er Seikei an, als erbitte er Erlaubnis, ihn aus der Nähe zu untersuchen. Seikei reichte ihm den Gegenstand.

Der Papiermacher schnalzte missbilligend mit der Zunge, als er die Blutflecken entdeckte. Vorsichtig nahm er die Flügel mit beiden Händen zwischen Daumen und Zeigefinger und zog sie auseinander, um ins Innere zu sehen. Dann nickte er.

»Ist das Euer Papier?«, fragte Tatsuno.

»Ich habe es hergestellt, wenn Ihr das meint«, antwortete Bakkoro.

»Und wer hat es Euch abgekauft?«

Obwohl Tatsuno seine Fragen hinausbellte, als sei er ein Richter und Bakkoro sein Hauptverdächtiger, ließ der alte Mann sich keineswegs aus der Ruhe bringen. »Ich frage meine Kunden nicht nach ihrem Namen«, sagte er schließlich.

»Aber Ihr müsst doch ihre Namen kennen, wenn Ihr für sie Papier fertigt – für einen Schrein zum Beispiel.«

»Ich habe solches Papier schon für viele Schreine gemacht. Die Priester falten daraus Tiere, die die Kami anlocken sollen.« Er lächelte. »Oder verscheuchen, wie in diesem Fall.«

»Ihr wisst also, wozu dieser Schmetterling gedacht war?«

»Natürlich. So etwas wird eingesetzt, um einen Ort vom Geist eines Toten zu reinigen.«

»Ihr lächelt«, sagte Tatsuno. »Amüsiert Euch das alles hier etwa?«

»Nein. Ich gehe nur davon aus, dass ich selbst auch bald tot sein werde, und ich bin schon gespannt, wohin mich meine Reise dann führt.«

»Vielleicht erfahrt Ihr dies früher, als Ihr denkt«, stieß Tatsuno bedrohlich hervor.

Jetzt konnte Seikei sich nicht mehr beherrschen. »Das reicht!«, rief er.

Dann wandte er sich dem Papiermacher zu. »Wir wollen Euch nichts tun«, sagte er. »Wir sind auf der Suche nach einem Mörder. Er hat diesen Schmetterling neben dem Mann abgelegt, den er getötet hat. Könnt Ihr uns helfen?«

Bakkoro sah Seikei an. Seine Augen waren sanft und doch von einer unerklärlichen Traurigkeit erfüllt. Seikei hatte das merkwürdige Gefühl, als sei er, Seikei, der Grund für seine Schwermut. Der alte Mann gab ihm den Schmetterling zurück. »Dieses Papier«, sagte er, »wurde für den O-Miwa-Schrein am Fuße des Miwayama gemacht.«

Seikei nahm den Schmetterling, doch plötzlich schnellte Bakkoros Hand rascher als ein springender Grasfrosch nach vorn und umschloss Seikeis Handgelenk. Seikei spürte Bakkoros Fingerknochen, denn Haut und Fleisch des Papiermachers waren genauso dünn wie das Papier, das er herstellte.

»Aber Ihr dürft nicht dorthin gehen«, sagte Bakkoro.

Selbst als sie das Dorf lange hinter sich gelassen hatten, war Tatsunos Wut immer noch nicht verraucht. »Du hast Schande über mich gebracht, als du meine Befragung unterbrochen hast«, warf er Seikei vor.

»Ihr hattet kein Recht, den Mann so zu bedrohen«, erwiderte Seikei, der nicht einsah, wofür er sich entschuldigen sollte. »Ihr seid doch kein Abgesandter des Shoguns.«

»Das wusste der Alte aber nicht«, entgegnete Tatsuno. »Außerdem sind wir im Auftrag eines Abgesandten des Shoguns unterwegs, was praktisch dasselbe ist. Ich wollte nur die Informationen für den Richter herausbekommen.«

»Er würde nie wollen, dass Ihr irgendwelchen Leuten Angst einjagt.«

»Woher willst du das wissen? Wir sollen herausfinden, woher das Papier stammt. Der alte Mann hat so getan, als wüsste er das nicht. Aber *ich* weiß genau, wie man einen Fisch in einen Singvogel verwandelt.«

»Er hat es uns ja gesagt«, hielt Seikei dagegen.

»Dein Glück«, sagte Tatsuno. »Und ich hoffe, du hast auch gehört, was er zum Schluss gesagt hat.«

»Dass wir da nicht hindürften? Wo liegt dieser O-Miwa-Schrein denn eigentlich genau?«

»In der Provinz Yamato. Dieser Schrein hat kein *honden*, keinen Altarraum für den Kami.«

»Warum nicht?«

»Weil der Kami im Inneren des heiligen Berges wohnt, dem Miwayama. Es gibt zwar auf einer Seite ein *torii*, einen Eingang, aber man darf ihn nicht betreten.«

»Klingt, als wärt Ihr schon einmal dort gewesen.«

Tatsuno schwieg lange, was für ihn sehr ungewöhnlich war.

»Stimmt das?«, bohrte Seikei neugierig weiter.

»Ja«, erwiderte Tatsuno leise. »Ich war schon einmal dort, vor vielen Jahren, mit meinem Lehrer.«

»Und was an diesem Ort macht Euch solche Angst?«, fragte Seikei.

»Nichts«, sagte Tatsuno, doch Seikei glaubte ihm nicht.

Er dachte nach. Die Provinz Yamato. Richter Ooka hatte gesagt, sie würden sich im Haus des Gouverneurs der Provinz Yamato treffen. Hatte er also schon gewusst, woher der Schmetterling stammte? Und wenn ja, wieso wollte er, dass Seikei und Tatsuno erst in die Provinz Etchu reisten, um nach den Feinden des Fürsten Inaba zu forschen?

Seufzend ging Seikei weiter. Schon öfter hatte sein Adoptivvater ihn auf Reisen geschickt, deren Ziel ihm nicht klar gewesen war. Aber es stand Seikei nicht zu, dies zu hinterfragen. Er hatte zu gehorchen. Am Ende, da war er sich sicher, würde Richter Ooka seine Beweggründe offenlegen, wie jedes Mal.

Eine Windböe blies ihnen eisige Schneeflocken ins Gesicht. Und Seikei war, als höre er trotz des heulenden Sturms immer noch die Stimme des alten Papiermachers, die ihn drängte, schleunigst umzukehren.

Von Schmerzen und Feuer

Seikei war noch nie mit Otterfellen an den Füßen gegangen, und so überraschte es nicht, dass er irgendwann ausrutschte und sich den Knöchel verstauchte. Tatsuno besah sich den Fuß.

»Steck ihn in den Schnee«, sagte er. »Dann schwillt er nicht so an.«

Seikei stieß seinen geschwollenen Knöchel in eine Schneeverwehung. Die Kälte linderte den Schmerz sofort und das Pochen ließ nach. Nach einer Weile riet ihm Tatsuno, den nackten Fuß wieder herauszuziehen. »Aber das tut gut«, protestierte Seikei.

»Wie du willst«, sagte Tatsuno. »Wenn er erfriert, bricht er dir ab, und dann hast du gar nichts mehr zum Drauflaufen.«

Eine Zeit lang fiel Seikei das Gehen leichter, doch schließlich fing der Fuß wieder an wehzutun, und Seikei kam hüpfend und humpelnd kaum noch voran. Schließlich fand Tatsuno einen dicken Ast am Boden und brach ihn oberhalb einer Gabelung ab, sodass Seikei ihn als Krücke benutzen konnte.

Die Nacht verbrachten sie im Lagerschuppen eines Bauern und am Morgen darauf schmerzte der Knöchel noch mehr. Seikei biss die Zähne zusammen und quälte sich vorwärts, obwohl der Schnee nun deutlich höher lag. Immer wieder musste er stehen bleiben, seinen Otterfellstiefel ausziehen und den Fuß im Schnee abkühlen.

Während einer solchen Rast kam ein Händler an ihnen vorbei, der ein mit Reissäcken beladenes Pferd mit sich führte. Als er sah, was los war, erzählte er den beiden, dass die nächste Stadt nur noch zwei Hügelkuppen entfernt sei. Und was für ein Glück – in dem Ort gab es einen Arzt. »Gleich das dritte Haus auf der linken Straßenseite«, erklärte er. »Es ist kein Schild an dem Haus, aber jeder kann euch sagen, wo der Doktor wohnt.«

Seikei hievte sich auf die Füße, klemmte sich die Krücke unter die Achsel und zwang sich weiterzugehen. Die Aussicht auf medizinische Hilfe hatte ihn aufgemuntert. Bald hatten sie ihr Ziel erreicht. Es war keine richtige Stadt, eher ein Dorf, das aus höchstens zwanzig Häusern bestand.

Den allerfähigsten Arzt wird es hier ja wohl nicht geben, dachte Seikei. Aber wenigstens kann ich mich in seinem Haus etwas ausruhen und aufwärmen.

Sie mussten zweimal klopfen, ehe ihnen aufgemacht wurde. Der Doktor persönlich erschien auf der Schwelle – ein Mann mittleren Alters, der ihnen schläfrig entgegenblinzelte. Er sah Seikei und Tatsuno sehr lange an, man merkte, dass er nur selten Fremde zu Gesicht bekam.

»Ich bin Genko, der Arzt«, sagte er schließlich. »Dein Fuß ist verletzt? Kommt herein, ich sehe ihn mir an.«

Sie erfuhren, dass er in der Tat bis eben geschlafen hatte. »Eine Frau aus dem Dorf hat heute Nacht Zwillinge bekommen. Die Ärmste, sie ist untröstlich.«

Ja, das ist in der Tat ein Unglück, dachte Seikei. Der Richter bläute ihm zwar immer ein, nicht abergläubisch zu sein, aber jeder wusste, dass Zwillinge einer Familie nur Ärger brachten.

»Sie hat die Geburt überlebt«, erzählte der Arzt. »Ich weiß allerdings nicht, ob das für sie nun gut oder schlecht ist. Wie auch immer – wie hast du dich verletzt?«

»Ich bin hingefallen und habe mir den Knöchel verdreht«, antwortete Seikei.

»Am besten solltest du den Fuß ruhigstellen, bis es besser wird.«

»Unmöglich«, widersprach Tatsuno. »Wir müssen so schnell wie möglich in die Provinz Etchu.«

»Dann habe ich gute Nachrichten für Euch«, sagte Doktor Genko. »Ihr *seid* in der Provinz Etchu. Was führt Euch hierher?«

Tatsuno wirkte verblüfft. »Wir … wir wollen zum Schrein pilgern«, stammelte er, und Seikei hoffte, dass der Arzt sein Zögern nicht bemerken würde.

»Zum Schrein?«, wiederholte der Arzt verwundert. »Wir haben natürlich jede Menge Schreine, aber keinen, der besonders berühmt wäre.«

»Nun ...«, Tatsuno deutete mit dem Kopf auf Seikei, »sein Vater hat mal ein Gelübde abgelegt, den Schrein von Kanazawa zu sehen. Aber nun liegt er im Sterben und hat seinem Sohn das Versprechen abgenommen, seine Pilgerreise zu übernehmen.« Er wandte sich ab, um Seikeis finsterem Blick nicht zu begegnen.

»Ah, Kanazawa.« Der Arzt nickte. »Wo Fürst Inabas Palast ist. Ihr meint dann wohl den Schrein zu Ehren von Hachiman.«

»Ja, genau«, sagte Tatsuno.

Doktor Genko musterte ihn eindringlich. »Tja, da habt Ihr noch einen ganz schönen Weg vor Euch«, sagte er schließlich und wandte sich an Seikei. »Mit dem Knöchel wirst du das kaum schaffen. Ich möchte ihn mir mal genauer ansehen.« Er bedeutete Seikei, sich auf einen langen Tisch zu setzen.

Dann holte der Arzt ein Drahtgestell aus der Tasche, in dem zwei kleine, durchsichtige Scheiben glänzten. Seikei hielt sie zunächst für Edelsteine, doch die Scheiben waren äußerst dünn und flach, und zu seiner Überraschung klemmte sich der Arzt nun das Gestell so auf den Kopf, dass die beiden Scheiben vor seinen Augen fixiert waren.

Die Wirkung war verblüffend. Plötzlich sahen die Augen des Arztes viel größer aus als vorher. »Ist das Zauberei?«, fragte Seikei.

Doktor Genko lächelte und griff vorsichtig nach Seikeis Fuß. »Ich habe mal eine Reise nach Nagasaki gemacht«, erzählte er. »Und eines Tages wurde ich gerufen, um einen Schiffskapitän zu behandeln. Er gehörte zu einem der fremden Schiffe, denen der Shogun zu Handelszwecken Einlass gewährt. Er kam aus den Niederlanden, einem weit entfernten Land, und er hatte offenbar seinen eigenen Schiffsarzt dabeigehabt, doch dieser war unterwegs gestorben.« Er schnaubte. »Was nicht gerade für seine medizinischen Künste spricht ... Wie auch immer, ich konnte den Kapitän zum Glück heilen, und er wollte mich dafür entlohnen, aber ich hatte für sein Geld natürlich keine Verwendung. Als ich dann dieses Gestell auf seiner Nase sah, fragte ich ihn, was es sei. Er erklärte mir, dass man damit Dinge größer und schärfer sehen kann. Ich dachte sofort daran, dass es mir meine Arbeit sehr erleichtern würde, und so kam es, dass der Mann es mir großzügigerweise schenkte. Anscheinend sind diese Apparate in seinem Land weit verbreitet. – So, und jetzt einmal den Fuß bitte stillhalten. Sag Bescheid, sobald es wehtut.«

Seikei biss die Zähne zusammen, während der Arzt den Fuß erst zur einen, dann zur anderen Seite drehte. Er war fest entschlossen, den höllischen Schmerz klaglos zu ertragen.

»Tut das nicht weh?«, fragte Doktor Genko.

Seikei schüttelte nur den Kopf, aus Angst, die Stimme könnte ihm den Dienst versagen.

»Das Gelenk ist stark geschwollen«, sagte der Arzt. »Hast du schon irgendwelche schmerzstillenden Kräuter eingenommen?«

Wieder schüttelte Seikei den Kopf.

»Wie fühlt es sich an, wenn ich *das* mache?«, fragte Doktor Genko plötzlich und drehte den Fuß mit einem Ruck zur Seite.

Seikei schrie unwillkürlich auf.

»Hab ich's doch gewusst, dass das wehtun würde«, sagte der Arzt. »Augenblick, ich gebe dir gleich etwas zur Linderung.«

Bevor wir hergekommen sind, ging es mir besser, dachte Seikei beunruhigt. Er sah sich nach Tatsuno um, weil er ihn fragen wollte, ob sie nicht sofort verschwinden könnten. Doch der war gerade damit beschäftigt, sich eine wunderschöne Lackschatulle anzusehen, die auf einem Wandbord stand. Alarmiert ließ Seikei ihn nicht aus den Augen. Er befürchtete, Tatsuno würde sie in seinem Ärmel verschwinden lassen, sobald sich die Möglichkeit dazu bot.

Doch Doktor Genko waren Tatsunos gierige Blicke ebenso wenig entgangen. »Da sind meine Drachenknochen drin«, sagte er. »Manche Leute glauben, wer sie berührt, stirbt innerhalb eines Jahres.«

Tatsuno wich einen Schritt zurück. »Wieso bewahrt Ihr sie dann auf?«

»Wieder andere Leute glauben, dass man daraus hervorragende Medizin machen kann. Ich verwende sie nur, wenn alles andere versagt.«

»Und, wirken sie?« Tatsunos Interesse schien von Neuem geweckt.

»Genauso wie all meine anderen Mittel«, erwiderte der Arzt. »Manche Patienten überleben, andere sterben.« Er sah Seikei an. »Ich glaube, du wirst überleben.«

Damit nahm er ein Porzellandöschen von einem anderen Wandbord, öffnete den Deckel und streute sich ein bisschen silbriges Puder in die Handfläche. Dann schlug er Seikeis Kimono zurück und verteilte einige Prisen Puder auf drei verschiedene Stellen an Seikeis Bein.

»Ein bisschen Schmerz kann dich ja nicht schrecken«, sagte er.

Mit den hinter den Gläsern verzerrten Augen sah er aus wie eine Eule, die sich gerade auf eine Maus stürzen wollte.

»Nein«, sagte Seikei, doch seine Stimme zitterte.

Der Arzt nahm drei Räucherstäbchen aus einer Schale mit Sand, reichte eins Seikei und behielt die anderen beiden in der Hand. »Wenn ich Jetzt sage, leg das brennende Ende des Stäbchens auf die Stelle mit dem Puder – hier, oberhalb des Knies«, ordnete er an.

Seikei war vor lauter Angst völlig verkrampft. Doktor Genko hielt die anderen beiden Räucherstäbchen über die zwei kleinen Puderstellen weiter unten an Seikeis Bein. »Jetzt!«, sagte er.

Sobald die brennenden Stäbchen mit dem geheimnisvollen Puder in Berührung kamen, schossen Funken und kleine Flammen in die Luft. Seikei keuchte und schnappte erschrocken nach Luft – das alles geschah *auf seinem Bein!*

Doch als die Flammen heruntergebrannt waren und nur noch drei kleine, wohlriechende Rauchwölkchen in der Luft lagen, war er noch verblüffter. »Das hat ja gar nicht wehgetan!«, rief er.

Der Arzt nickte. »Viele Leute erwarten, es würde wehtun, und weil sie Angst haben, tut es dann auch weh.«

Seikei musste daran denken, was Richter Ooka ihm immer über die Angst vor Folter gesagt hatte. Beinahe hätte er dem Arzt davon erzählt, doch dann fiel ihm gerade noch rechtzeitig ein, dass er und Tatsuno sich ja als Pilger ausgegeben hatten.

»Und, wie fühlt sich der Knöchel jetzt an?«, fragte Doktor Genko.

Seikei wackelte mit dem Fuß. »Der Schmerz ist weg«, antwortete er verblüfft.

»Ja, aber er wird wiederkommen«, prophezeite der Arzt. »Das Puder stillt den Schmerz nur vorübergehend, heilt aber nicht. Nur Ruhe wird deinen Knöchel wirklich auskurieren.« Er holte ein Stück weißen Stoff aus einem Schrank und wickelte ihn fest um Seikeis Knöchel. »Lass den Verband drauf, wenn du unbedingt laufen musst«, sagte er. »Aber versuch, so wenig aufzutreten wie möglich.«

»Wir müssen noch bis nach Kanazawa«, wandte Tatsuno ein.

»Damit solltet Ihr Euch lieber etwas Zeit lassen«, riet der Arzt. »Seit Fürst Inabas Tod herrscht in Kanazawa ziemliche Verwirrung. Sein Sohn Yutaro ist eingetroffen, um die Loyalität der Samurai seines Vaters einzufordern.«

»Er ist schon da?«, fragte Seikei.

»Soweit ich gehört habe, ja«, erwiderte Doktor Genko. »Gesehen habe ich ihn natürlich noch nicht und das werde ich wohl auch nie. Denn wenn er seine Herrschaftsgebiete besichtigt, wird er sicher nicht in so ein unbedeutendes, abgelegenes Dörfchen wie unseres fahren.«

Er machte eine Pause, dann fügte er hinzu: »Ich kenne hier eine Familie. Es sind sehr gläubige Leute, und sie würden sicher gerne die Götter gütig stimmen, indem sie zwei fromme Pilger wie Euch aufnehmen.«

»Ich glaube, ein oder zwei Tage können wir schon erübrigen«, sagte Tatsuno.

»Ich bringe Euch zu ihrem Haus«, sagte Doktor Genko. »Ach, eines noch …«

»Was?«

»Ich würde ihnen gegenüber nicht erwähnen, dass Ihr zum Schrein von Hachiman nach Kanazawa wollt.«

»Und wieso nicht?«

»Weil es in Kanazawa keinen Schrein von Hachiman gibt«, sagte der Arzt.

Beten für Momo

Im grauen, sonnenlosen Zwielicht spazierte Doktor Genko mit Seikei und Tatsuno die Straße hinab. Es war ein düsterer Tag, doch hell genug, um zu erkennen, dass das Haus, vor dem sie stehen blieben, dringend eine Renovierung nötig hatte. Im Strohdach klafften Löcher, das Papier in einem der vorderen Fensterrahmen war zerrissen und wieder zusammengeklebt worden. Ein Brett der Eingangstreppe war zerborsten, und der Arzt warnte die Gäste, vorsichtig zu sein, denn auch auf der Veranda war ein zweites Brett lose.

Hätte nicht der schwache Schein von Kerzenlicht durch die Fenster geschimmert, hätte Seikei das Haus für verlassen gehalten.

Doktor Genko klopfte an, und es dauerte lange, bis ein Mann auf der Schwelle erschien. Er sah ähnlich angeschlagen aus wie sein Haus. Seine Wange war durch eine üble Verletzung entstellt, die so wirkte, als habe er sie sich schon vor Ewigkeiten zugezogen und als weigere sie sich einfach zu heilen. Die Hände des

Mannes waren verknöchert von der Arbeit vieler Jahre.

»Joji«, sagte Doktor Genko. »Das sind Reisende auf dem Weg nach Kanazawa. Sie brauchen ein Dach über dem Kopf, bis der Knöchel des Jungen verheilt ist.«

Der Mann schob die Tür weiter auf. »Seid willkommen«, sagte er. Sie verabschiedeten sich vom Dorfarzt und traten ein.

Zu seiner Überraschung sah Seikei im Haus keinerlei Tatami-Matten. Im Prinzip bestand das Haus aus einem einzigen großen Raum mit einer tiefen Kuhle in der Mitte. Das Feuer darin erzeugte so wenig Wärme, dass sie kaum bis zur Tür zu spüren war.

Vor dem Feuer saß eine Frau und starrte in die Flammen, als versuche sie darin eine Botschaft zu lesen. Sobald Seikei den Raum betrat, wandte sie sich ihm mit schimmernden Augen zu. Doch dann schien es, als sei sie irgendwie enttäuscht, und sie senkte den Blick wieder in die rauchige Feuerkuhle.

»Mein Name ist Joji und das ist Sada«, sagte der Mann.

Seikei und Tatsuno stellten sich ebenfalls vor, wobei sie nur ihren Vornamen nannten, wie es auf dem Land üblich war.

Das Feuer war nicht die einzige Lichtquelle im Zimmer. Entlang der Wände gab es viele kleine Schreine mit Statuen von Buddhas und buddhistischen Heiligen, und vor jedem brannte eine Kerze.

Über der Feuerkuhle dampften zwei kleine Töpfe. »Wir wollten gerade essen«, erklärte Joji. »Und Ihr seid herzlich eingeladen, Euch ebenfalls zu bedienen.«

Seikei schämte sich, ihnen etwas wegzuessen, als er sah, wie wenig sich in den Töpfen befand. In dem einen kochten Wurzeln und Reis in so viel Wasser, dass alles sich zu einem matschigen Brei vermischt hatte, in dem anderen war kochendes Wasser für Tee. Seikei behauptete, er habe keinen Hunger, doch Joji drängte ihm trotzdem eine kleine Schale mit Reis auf. Dankbar nahm Seikei auch eine Schale Tee an, doch als er ihn kostete, zog sich in seinem Mund alles zusammen. Offenbar war der Tee aus Eicheln und einigen wenigen Teeblättern zubereitet worden.

Seikei fand die ganze Situation ziemlich unbehaglich. Während des Essens versuchte Joji, höfliche Konversation zu betreiben, Sada hingegen sagte kein Wort. Ab und zu hob sie die Augen und warf Seikei einen merkwürdigen Blick zu.

Auch Tatsuno schien sich nicht wirklich wohlzufühlen, denn nachdem er fertig gegessen hatte, bot er an, nach draußen zu gehen, um Feuerholz hereinzuholen. »Wir haben kein Lager«, sagte Joji. »Ich gehe morgen bei Tageslicht Holz suchen.«

»Aber Ihr dürft das Feuer jetzt nicht ausgehen lassen«, wandte Tatsuno ein. »Sonst wird es morgen Früh sehr schwierig, es wieder anzufachen.«

»Wir bedecken die Kohlen mit Asche«, erklärte Joji. »Normalerweise glühen sie so langsam, dass es bis zum nächsten Morgen reicht. Aber nun lasst uns beten. Das ist viel wichtiger.«

Seikei sah Tatsuno an, dass er ganz anderer Meinung war, aber da sie sich als fromme Pilger ausgegeben hatten, konnten sie nun schlecht widersprechen.

Alle vier knieten sich vor die Schreine entlang der Wände und Joji sprach das Gebet. Seikei hatte mit seinem leiblichen Vater, der meinte, es könne nicht schaden, allen Religionen seinen Respekt zu bezeugen, schon öfter buddhistische Tempel besucht. Und so wusste Seikei, wann er in Jojis und Sadas »Preiset-den-Amida-Buddha«-Singsang einfallen musste, und selbst Tatsuno schien das Gebet zu kennen. Amida war ein Mensch gewesen, der vor langer Zeit Erleuchtung erlangt hatte und ins Reine Land eingegangen war. Doch vorher hatte er versprochen, stets zur Stelle zu sein, wenn jemand ihn um Hilfe anrief.

Seikei stellte überrascht fest, dass Joji und Sada Amida gar nicht für sich selbst beteten, obwohl sie wahrlich so aussahen, als könnten sie Hilfe gebrauchen. Nein, sie beteten für jemanden namens Momo. Als sie fertig waren, glänzten Sadas Wangen voller Tränen. Sie wandte sich von ihren Gästen ab und legte sich, mit dem Gesicht zur Wand, auf den Boden.

Auch Joji machte sich bereit für die Nacht. Er dämpfte das Feuer und sagte, Seikei und Tatsuno könnten nahe bei der Kuhle schlafen, denn der Stein würde die ganze Nacht warm bleiben. Seikei registrierte, wie der Mann die Tür absperrte. Das wunderte ihn ein wenig, denn sowohl Tür als auch Fenster sahen so aus, als könnte jedes Kind sie durchbrechen. Und was hätte es hier schon zu stehlen geben können?

Joji stellte einen kleinen Sichtschutz zwischen ihren Lagern auf, dann legte er sich hin. Schon kurze Zeit später hörte Seikei Tatsuno auf der anderen Seite der Feuerkuhle schnarchen. Die Kerzen flackerten in ihren Pfützen aus geschmolzenem Wachs und warfen unheimliche Schatten an die Wände.

Irgendwann schlief auch Seikei ein. Als er wieder wach wurde, waren einige der Kerzen erloschen. Sein Knöchel brannte wieder wie Feuer. Es war noch nicht hell draußen, und er hörte am ruhigen Atmen der anderen, dass außer ihm noch niemand wach war. Er ließ den Fuß ein wenig kreisen, um den Schmerz zu lindern, doch danach pochte der Knöchel nur noch schlimmer.

Wenn ich doch nur zu Doktor Genko könnte, damit er mich noch einmal behandelt, dachte Seikei. Dann riss er sich zusammen. Nein, sagte er sich. Das ist nur Schmerz, und Schmerz ist etwas, was ein Samurai ignorieren muss.

Er wälzte sich herum. Obwohl es im Raum ganz kalt war, fühlte er sich heiß und fiebrig. Vielleicht lag er doch zu nahe am Feuer. Seufzend stand er auf. An Schlaf war ohnehin nicht mehr zu denken.

Da kam ihm eine Idee. Vielleicht sollte er den Fuß wieder in den Schnee stecken, um den Schmerz zu betäuben. Seikei humpelte zur Tür. Es dauerte eine

Weile, bis er den Riegel in der Dunkelheit ertastet hatte, aber schließlich schob er ihn zur Seite.

Ächzend bewegte sich die wacklige Tür, und Seikei befürchtete schon, sie würde krachend auf die Holzveranda stürzen. Er schob sie einen Spaltbreit auf und schlüpfte dann hinaus.

Seine Otterfellstiefel standen immer noch auf der Veranda. Die würde er aber jetzt zum Glück gar nicht brauchen, denn gleich unterhalb der Stufen lag der Schnee mehrere Zentimeter hoch. Seikei setzte sich auf die Veranda und steckte den Fuß durch die dünne, knackende Eisschicht, die sich über Nacht gebildet hatte, in den Schnee.

Sofort verspürte er eine Erleichterung und lehnte sich zurück. Es war eine sternenklare Nacht, um ihn herum glänzten die schneebedeckten Bäume und der Vollmond verlieh der Welt einen sanften silbrigen Schimmer.

Ein Haiku, schoss es Seikei durch den Kopf, ich muss ein Haiku schreiben. Ein Glück, dass das Schreibset von Michiko so klein war, dass er es immer bei sich tragen konnte. Er griff in seinen Kimono und holte es heraus.

Seikei rieb den Tuschestein über der kleinen steinernen Platte und kam dann auf die Idee, er könnte das Pulver ja mit Schnee anrühren. Er nahm ein kleines Schneehäufchen und verrieb es mit der Tusche. Er fühlte sich merkwürdig beschwingt – bestimmt hätte Basho in solch einer Situation genauso gehandelt!

Doch nun kam der schwierige Teil. Seikei war kein so genialer Dichter wie Basho, aber er wollte etwas erschaffen, was dieser erhabenen Szenerie würdig war. Würde ihm dies nicht gelingen, würde er das Papier zerreißen und vergessen müssen, dass er es versucht hatte.

Während er eines der Papierröllchen öffnete, flogen ihm die Worte zu. Schnell und so wenig zögerlich wie möglich drückte er den tuschegetränkten Pinsel auf das leere Blatt.

Ein Schritt bis zum Mond
Der Schnee rieselt zu Boden
Und doch schweb ich hoch

»Nachts halten wir die Tür immer verschlossen.« Die Stimme erklang so plötzlich hinter Seikei, dass er aufsprang, das Gewicht versehentlich auf den verletzten Knöchel verlagerte und vor Schmerz aufschrie.

»Alles in Ordnung?« Es war Sada. Sie war hinter ihm aufgetaucht, während er in seine Poesie vertieft gewesen war.

Das Gedicht! Seikei hatte es fallen lassen und nun lag es mit der Schrift nach unten im Schnee.

Er hob es auf, doch sofort zerschmolz das hauchdünne Papier in seinen Händen zu einem kleinen, triefenden Klümpchen. Vielleicht ist das ein Zeichen, dachte Seikei traurig. Vielleicht war das Haiku nicht gut genug.

»Nachts halten wir die Tür immer verschlossen«, wiederholte Sada, und Seikei ärgerte sich, dass sie ihm so aufgelauert hatte.

»Wieso?«, fragte er nicht gerade freundlich. »Wer sollte Euch etwas stehlen wollen? Und was?«

Die Frau schwieg eine Weile. Sie drehte den Kopf so, dass das Mondlicht sich in ihren Augen spiegelte, und Seikei sah zu seinem Unbehagen, dass sie ihn wieder einmal durchdringend anschaute. »Momo«, sagte sie schließlich. »Sie haben uns Momo gestohlen.«

Fürst Inabas Feinde

Drei Tage später untersuchte Doktor Genko Seikeis Knöchel noch einmal und verkündete, Seikei dürfe nun wieder damit laufen. Tatsuno atmete erleichtert auf, er langweilte sich und brannte darauf weiterzureisen.

Seikei hingegen wäre gern noch länger geblieben. Seine Anwesenheit schien Sada gutzutun. Die alte Frau umsorgte ihn liebevoll, hatte seinen Verband immer wieder neu gewickelt und seinen Fuß massiert und manchmal sogar eine Handvoll Schnee ins Haus gebracht, um den Knöchel zu kühlen.

Seikei hoffte, von ihr Momos Geschichte zu erfahren. Momo war Jojis und Sadas Tochter, doch mehr wollte Sada einfach nicht preisgeben und wich Seikeis Fragen aus. Was mit dem Mädchen geschehen war, blieb ein Rätsel.

Seikei und Tatsuno bedankten sich bei den beiden für die Gastfreundschaft und machten sich reisefertig. Seikei ließ einige Münzen an einer Stelle zurück, von der er wusste, dass sie nach seinem Weggang entdeckt werden würde. Das entging Tatsuno nicht und er schüttelte missbilligend den Kopf. »Wenn du ihnen etwas zahlst, heißt das, es ist kein Akt der Nächstenliebe mehr gewesen, dass sie uns beherbergt haben. Damit bringst du sie um die Möglichkeit, die Gunst der Götter zu gewinnen.«

Das leuchtete Seikei ein. Er wusste, dass Joji und Sada das Geld ablehnen würden, wenn er es ihnen direkt zu geben versucht hätte. Also beschloss er, es stattdessen Doktor Genko zu geben – der konnte es ja dann für die Bedürftigen im Dorf verwenden.

Der Arzt nahm das Geld freudig an. »Du hilfst uns damit mehr, als du dir vorstellen kannst«, sagte er. »Bist du sicher, dass du so viel ausgeben willst?«

»Ja, bitte nehmt es«, sagte Seikei.

»Wenn es Euch nichts ausmacht, würde ich Euch gern ein Stück weit begleiten«, sagte der Arzt dann. »Ich habe da einen Patienten mit einem Geschwür, das von Zeit zu Zeit aufgeschnitten werden muss. Sein Hof liegt genau auf Eurem Weg.«

Es war ein klarer Tag, und Seikei war trotz der Kälte froh, nach den drei Tagen in der kleinen verrauchten Hütte die frische Winterluft atmen zu können. Als sie schon eine Weile unterwegs waren, wandte sich Seikei an Doktor Genko: »Was ist eigentlich mit Jojis und Sadas Tochter passiert?«

Der Arzt sah ihn an. »Was weißt du darüber?«

»Sada sagte, Momo sei ihnen gestohlen worden. Mehr wollte sie nicht erzählen. Sie beten für sie.«

Wieder antwortete der Arzt mit einer Gegenfrage. »Wo kommt Ihr her? Wer seid Ihr wirklich? Es ist offensichtlich, dass Ihr keine Pilger seid.«

Tatsuno setzte zu einer Antwort an, doch Seikei kam ihm zuvor. Er war der Meinung, die Güte des Arztes habe Ehrlichkeit mehr als verdient.

»Ich bin der Sohn von Richter Ooka. Er hat uns hierhergeschickt, um herauszufinden, wer Fürst Inabas Feinde waren.«

Doktor Genko nickte und dachte eine Weile nach, bevor er sagte: »Vor einem Jahr sind ein paar von Fürst Inabas Männern hier durchgekommen und haben Momo gesehen. Sie war wunderschön, zu schön für einen Ort wie diesen hier. Und sie war unschuldig und hatte keine Ahnung, wie Männer sein können. Sie haben sie verschleppt und sich an ihr vergangen. Später haben wir erfahren, dass sie es vorgezogen hatte, sich zu töten, als in Schande heimzukehren. Deswegen beten ihre Eltern für sie.«

Seikei war sprachlos vor Entsetzen. Was waren das für Samurai, die so grauenhafte Dinge taten?

»Würdest du sagen, dass Joji und Sada deswegen Feinde von Fürst Inaba sind?«, fragte Doktor Genko leise.

»Sie haben sicher nichts mit seiner Ermordung zu tun«, erwiderte Seikei.

»Nein, wahrscheinlich nicht.«

»Und vielleicht wusste Fürst Inaba gar nicht, dass seine Samurai sich so unwürdig verhalten haben.«

»Schaut Euch um«, sagte der Arzt. »Was seht Ihr?«

Seikei ließ den Blick schweifen. Die verschneite Landschaft war hügelig und steil, hohe Gipfel zeichneten sich in der Ferne ab. Bei näherem Betrachten sah Seikei jedoch, dass der Boden an manchen Stellen vom Schnee freigeräumt war und sich kleine Strohballen darauf verteilten. Als sich diese Strohballen bewegten, wurde ihm klar, dass es Bauern waren, die sich gegen die bittere Kälte in Stroh eingewickelt hatten. Bei genauem Hinsehen konnte man erkennen, dass sie mit Hacken und Schaufeln und teilweise sogar nur mit einfachen Stöcken den Boden bearbeiteten.

»Sie graben«, sagte Seikei. »Aber warum? Jetzt ist doch keine Pflanzzeit.«

»Sie suchen nach Essbarem«, antwortete Doktor Genko. »Nüsse, Eicheln, Kiefernzapfen, Wurzeln – alles, was den Magen füllen kann. Sie leiden großen Hunger.«

»Aber wie kann das sein?«, fragte Seikei. »Das sind doch alles Bauern!«

»Die Reisernte ist schon zwei Jahre hintereinander von Ungeziefer vernichtet worden«, erklärte der Arzt. »Sie haben fast nichts ernten können.«

»Dann müsste der Herr dieses Landstrichs doch Lebensmittel aus üppigeren Jahren verteilen«, ereiferte sich Seikei.

Doktor Genko schüttelte den Kopf. »Das Gegenteil ist der Fall. Fürst Inabas Männer haben darauf bestanden, dass die Bauern trotz der Missernten die volle Steuer bezahlen – ein Fünftel einer normalen Reisernte.«

»Aber wie sollen sie bezahlen, wenn sie gar nichts geerntet haben?«

»Von dem Reis, den sie in früheren Jahren gesammelt haben.«

»Das kann doch nicht sein«, sagte Seikei wütend. »Wovon sollen die Menschen dann noch leben?«

»Wie du siehst«, der Arzt deutete auf die Gestalten, die sich über die schneebedeckten Felder quälten, »wird erwartet, dass sie sich selbst behelfen.«

Seikei verstummte. Er hätte sich nie vorstellen können, dass es im Herrschaftsbereich des Shoguns solch ungerechte Zustände geben könnte. Vielleicht war das alles nur ein Missverständnis? Was würde der Richter tun, wenn er davon wüsste?

»Haben sich die Bauern direkt an Fürst Inaba gewandt?«, fragte er. »An den alten Fürsten Inaba, meine ich. Ich habe gehört, er sei sehr gütig gewesen.«

»Das hatte der Mann, der das Hilfegesuch der Bauern zum Palast gebracht hat, auch gehört«, erwiderte Doktor Genko. »Deswegen hatte er sich angeboten, dem Fürsten das Schreiben zu überbringen.« Er machte eine Pause. »Als er zurückkam, hatte er keine Ohren, keine Nase und keine Lippen mehr.«

»Das ist ja furchtbar!«, rief Seikei. »So etwas würde der Shogun niemals dulden! Jemand sollte dem Gouverneur der Provinz Bescheid sagen.«

Tatsuno, der bisher schweigend zugehört hatte, lachte bitter. »Verzeiht ihm«, sagte er in herablassendem Tonfall zu dem Arzt. »Er ist noch ein Junge.«

Seikei beachtete ihn nicht. Er war wie vom Donner gerührt. »Aber mein Vater ist Abgesandter des Shoguns«, sagte er. »Ich habe den Shogun sogar schon selbst getroffen. Ich weiß, dass keiner der beiden diese Zustände hier gutheißen würde.«

Genko lächelte ihn traurig an. »Dein Freund hier scheint zu wissen, was das wichtigste Ziel des Shoguns ist – das Land in Ordnung zu halten. Er verlässt sich dabei aber voll und ganz auf die Daimyo, wie Fürst Inaba einer war, dass sie diese Ordnung mithilfe ihrer Samurai aufrechterhalten. Wie sie das schaffen, ist ihre Sache.«

»Aber wenn Menschen hungern müssen, ist die Ordnung doch gestört«, wandte Seikei ein. »Herrscher haben die Aufgabe, ihr Volk zu beschützen.«

»Wie ich sehe, hast du die alten Bücher sorgsam gelesen«, sagte der Arzt. »Aber Edo ist weit weg. Hier wird die Ordnung mit Gewalt aufrechterhalten.«

»Ich werde meinem Vater berichten, was ich hier gesehen habe«, versprach Seikei.

»Richter Ooka hat den Ruf, ein gerechter Mann zu sein«, sagte Doktor Genko. »Er hat dich also hierhergeschickt, um Fürst Inabas Feinde zu finden?«

»Ja.«

»Sieh dich um. Fürst Inabas Feinde sind hier überall – sie graben im Schnee, um zu überleben.«

Sie verließen die Hauptstraße und folgten einem kleinen Feldweg. Als Tatsuno sich umdrehte, schaute Seikei ebenfalls nach hinten – mehrere Leute schienen ihnen zu folgen. Er meinte, einige der Bauern zu erkennen, die im Boden gescharrt hatten, doch da alle die gleichen Strohbündel am Leib trugen, war es fast unmöglich, sie zu unterscheiden.

Tatsuno warf ihnen einen grimmigen Blick zu und deutete auf Seikeis Holzschwert. Seikei schüttelte unwillig den Kopf. Er machte sich keine Sorgen. Er war sicher, dass Doktor Genko sie nicht in eine Falle locken würde.

Bald hatten sie den großen Hof erreicht. Als sie am Haupthaus vorbeikamen, öffnete sich die Tür und zwei kleine Kinder schauten mit großen Augen durch den Spalt. Dann wurden sie von jemandem hineingezogen und die Tür knallte zu.

Das größere Gebäude hinter dem Wohnhaus war ein Lagerhaus für Reis. Zu Seikeis Überraschung standen darin mindestens zwanzig Männer dicht gedrängt und stampften mit den Füßen auf der Stelle, um sich warm zu halten. Den groben Baumwollhosen und Strohjacken nach handelte es sich um Bauern. Die Männer hielten Hacken, Äxte, Spieße oder Spaten fest in der Hand, doch Seikei hatte das ungute Gefühl, dass sie die heute nicht als Werkzeuge verwenden wollten.

»Wir haben keine Fremden eingeladen«, sagte einer der Männer laut.

»Ich vertraue ihnen«, erwiderte Doktor Genko. »Sie könnten unser Hilfegesuch mitnehmen.«

»Zum neuen Fürsten Inaba?«, fragte eine zweite Stimme sarkastisch. Bitteres Gelächter dröhnte durch den Raum.

»Vielleicht«, sagte der Arzt. »Oder zu jemandem, der noch über dem Fürsten steht. Die beiden sind auf Geheiß eines Mannes hier, der im Dienste des Shoguns steht.«

Lautes Gemurmel erhob sich. Ab und zu konnte Seikei einzelne Wörter aufschnappen.

»Spione.«

»Wer hat sie geschickt?«

»Sie lügen!«

Ein Mann trat vor. Er hatte breite, kräftige Schultern und sah aus, als könnte er mit bloßen Händen einen Baum ausreißen. »Warum seid Ihr hier?«, wollte er wissen.

Bevor Seikei antworten konnte, stieß Tatsuno hervor: »Ihr könntet ruhig etwas Respekt an den Tag legen! Wenn ihr unsere Hilfe in Anspruch nehmen wollt, sagt uns, was euch bedrückt. Wenn die Sache es wert ist, werden wir dem Shogun davon berichten.«

Es wurde still im Raum. Seikei sah den Männern an, dass sie ihnen nur zu gern glauben würden.

»Ich habe fünf Kinder zu versorgen«, sagte der Mann, der vorgetreten war. »Dazu meine Frau und meine Mutter. Wir haben durch die Heuschreckenplage unsere gesamte Ernte verloren. Dann sind Fürst

Inabas Leute gekommen und haben ihre Steuern verlangt. Aber wie soll man Steuern zahlen, wenn man noch nicht einmal seine eigene Familie ernähren kann?«

Tatsuno stieß Seikei an. »Schreib das auf«, befahl er. Seikei sah ihn überrascht an, doch Tatsuno nickte nur kurz.

Widerwillig holte Seikei sein wertvolles Schreibset heraus und bereitete die Tusche zu. Die Bauern schien der Anblick zu beeindrucken. Bestimmt kann hier außer Doktor Genko keiner lesen oder schreiben, dachte Seikei. Für diese Menschen war das Schreibwerkzeug der Beweis, dass Seikei und Tatsuno tatsächlich wichtige Leute waren.

Der Reihe nach traten die Bauern vor und berichteten von ihrem Kummer. Im Grunde ähnelten die Geschichten einander sehr und dennoch waren alle traurige Einzelschicksale. Nachdem ein Mann die Namen all seiner Kinder aufgezählt hatte, folgten die anderen seinem Beispiel, als könnte allein das Aufschreiben der Namen helfen, die Kinder zu sättigen. Ein anderer Mann sagte die Namen aller Angehörigen auf, die an Hunger und Krankheiten gestorben waren. Wieder ein anderer erzählte, wie das Pferd hieß, das er hatte schlachten müssen, um nicht zu verhungern, und er weinte um das getötete Tier.

Am Anfang hatte es Seikei noch leidgetan, seinen kostbaren Papiervorrat für solche Zwecke zu verbrauchen. Doch je mehr Geschichten er hörte, desto klarer wurde ihm, wie wichtig sie waren. Jemand musste sie sich anhören!

Und er schwor sich, unter allen Umständen dafür zu sorgen, dass dies geschah.

Der Kampf

Die Bauern begleiteten Seikei und Tatsuno zurück zur Hauptstraße. Es schien sie sehr erleichtert zu haben, Seikei ihre Sorgen zu diktieren.

Das spürte auch Doktor Genko. »Ihr habt ihnen neue Hoffnung gegeben«, sagte er zum Abschied.

»Ich werde dafür sorgen, dass sich diese Hoffnungen erfüllen«, versprach Seikei ernst.

Tatsuno und der Arzt wechselten einen vielsagenden Blick. »Nur ein Junge«, raunte Tatsuno. Seikei presste die Lippen aufeinander, um sich nicht zu einer unhöflichen Erwiderung hinreißen zu lassen. Er würde es ihnen schon zeigen.

Die Straße wand sich weiter nordwärts, Richtung Kanazawa, dem Stammsitz des Fürsten Inaba. Am Nachmittag kamen sie zu einer Weggabelung – eine zweite Straße bog nach Westen ab.

»Die nehmen wir«, sagte Tatsuno.

»Nein«, widersprach Seikei. »Kanazawa liegt im Norden, also müssen wir weiter dieser Straße folgen.«

»Ja, Kanazawa liegt im Norden, aber wir haben keinerlei Veranlassung, dahin zu gehen.«

»Und ob! Wir müssen dem Fürsten das Hilfegesuch der Bauern überbringen.«

»Und was bitte meinst du, wird Fürst Inaba dann machen?« Tatsuno gab sich keine Mühe, den ungeduldigen Unterton in seiner Stimme zu verbergen.

»Ich ... ich weiß auch nicht«, sagte Seikei. »Er wird dann irgendetwas unternehmen, um das Leid der Leute zu mildern.«

»Ich fasse es nicht, was für ein Narr du bist«, spottete Tatsuno. Er war nicht wütend, es klang eher wie eine Feststellung. »Dein leiblicher Vater war bestimmt froh, dich los zu sein.«

Seikei lief rot an. Das stimmte leider, sein Vater war nicht gerade unglücklich darüber gewesen. »Jetzt bin ich ein Samurai«, sagte er, »und mein Wort zu brechen, würde heißen, meine Ehre zu verraten.«

»Das Wort, das du den Bauern gegeben hast? Du würdest ihnen eher einen Gefallen tun, wenn du das Papier wegwirfst. Oder besser noch: verbrennst, damit es bloß keiner findet. Schon mal das Sprichwort gehört: Ein Nagel, der herausragt, wird sofort eingehämmert? Wenn Fürst Inaba ihre Namen kennt, kann er ihnen das Leben noch viel schwerer machen, als es jetzt ohnehin schon ist.«

»Aber wenn das stimmt«, wandte Seikei ein, »wieso wolltet Ihr dann überhaupt, dass ich die Beschwerden aufschreibe?«

»Weil ich wollte, dass wir heil da rauskommen«, erklärte Tatsuno geduldig. »Hast du nicht gesehen, was sie dabeihatten? Die Bambusstöcke, die Werkzeuge? Diese Bauern waren ganz wild darauf, damit auf jemanden loszugehen, und wir wären das perfekte Ziel gewesen.«

»Wir arbeiten doch gar nicht für Fürst Inaba!«

»Anscheinend kennst du diese Leute vom Land nicht besonders gut. Wir sind Fremde, das reicht.«

»Trotzdem«, sagte Seikei. »Sie haben mir vertraut und ich habe ihr Vertrauen entgegengenommen. Also gehe ich auf jeden Fall nach Kanazawa, egal wie Ihr Euch entscheidet.«

Damit schlug er entschlossen den Weg nach Norden ein und es war ihm wirklich gleichgültig, ob Tatsuno ihm folgte oder nicht. Bislang waren ihm unterwegs noch keine nennenswerten Gefahren begegnet und schließlich war er auch schon allein die Tokaido-Straße entlanggegangen. Oder zumindest fast allein – Bunzo hatte ihn in Verkleidung beschattet, wie Seikei später erfahren hatte.

Aber Bunzo hatte nicht den Hauch einer Ahnung, wo Seikei sich jetzt befand.

Seikei warf neugierig einen Blick über die Schulter. Tatsuno wirkte wütend, folgte ihm aber im Abstand von etwa dreißig Schritten. Insgeheim war Seikei doch ein bisschen erleichtert darüber.

Einige Zeit später kam ihnen ein Reiter entgegen. Er bewegte sich stolz und selbstsicher, man sah ihm an, dass er ein Samurai war. Bauern benutzten ihre Pferde ohnehin nur als Lasttiere oder zum Ziehen von Wagenladungen.

Als der Reiter näher kam, erkannte Seikei das Wappen auf seinem Kimono – eine Kamelie, das Symbol der Familie Inaba. Tatsuno stieß Seikei an – Angehörige niederer Stände hatten an den Straßenrand auszuweichen, wenn sie einem berittenen Samurai begegneten. Tatsuno war schlau genug, sich hinzuknien, und Seikei folgte seinem Beispiel.

Doch der Mann ritt nicht einfach vorbei, sondern brachte sein Pferd zum Stehen und wandte sich den beiden zu. »Wer seid ihr und wo wollt ihr hin?«, fragte er barsch.

»Wir sind nur zwei bescheidene Pilger auf dem Weg nach Kanazawa«, sagte Tatsuno und hörte sich eher wie ein Bettler an als wie ein Mensch auf frommer Wanderung.

»Und wir haben eine Nachricht an Fürst Inaba dabei«, fügte Seikei hinzu. Sofort spürte er, wie Tatsuno neben ihm zusammenzuckte.

»Eine Nachricht, soso?«, sagte der Samurai. »Was denn für eine Nachricht?«

Bevor Seikei etwas sagen konnte, ging Tatsuno mit noch demütigerer Stimme dazwischen: »Nur unsere bescheidenen Gebete für seinen verstorbenen Vater, Herr.«

»Stimmt das? Gebt mir die Nachricht. Ich werde sie dem Fürsten persönlich übergeben.«

Seikei hörte, wie Tatsuno leise fluchte. Auch dem Samurai entging das nicht. »Was war das?«, wollte er wissen.

»Nur ein Gebet auch für Euch, Herr«, log Tatsuno.

»Ich will die Nachricht haben«, wiederholte der Mann. »Her damit, sofort.«

Seikei griff in seinen Kimono, doch Tatsuno packte ihn beim Arm. »Sie ist heilig«, sagte er verzweifelt. »Man darf sie nicht ans Tageslicht holen.«

Der Samurai legte die Hand auf den Griff seines Langschwertes. »Ich glaube eher, dass ihr zwei Bauern seid, die Ärger machen wollen«, sagte er. »Genau deswegen wurde ich hierhergeschickt. Und jetzt her mit der Nachricht, sonst ...«

Mit einem Aufschrei warf sich Tatsuno vor dem Pferd auf den Boden. »Oh, Herr!«, jammerte er. »Erhabener Herr! Verzeiht uns unsere Dummheit, eine solche Nachricht bei uns zu tragen! Wir wussten es nicht besser!«

Mit jedem Wort kroch er auf Knien immer näher an Pferd und Reiter heran. Erschreckt wich das Tier zurück, doch der Samurai zwang es wieder vorwärts, bis es praktisch über Tatsunos Kopf aufragte.

Im nächsten Moment sprang Tatsuno auf. Geschmeidig wie eine angreifende Schlange packte er das Halfter des Pferdes und riss mit aller Kraft daran. Das Tier wieherte vor Angst und Schmerz.

Mit einem Wutschrei zog der Samurai das Schwert. Nun zwang seine Ehre ihn dazu, es auch zu benutzen, und so griff Seikei nach seinem eigenen. Es war zwar nur aus Holz, aber vielleicht würde es sich dennoch als hilfreich erweisen.

Doch bevor Seikei etwas tun konnte, holte der Samurai aus und schlug wütend nach Tatsunos Kopf – der plötzlich verschwand. Seikei dachte schon, sein Begleiter wäre geköpft worden, aber offenbar hatte Tatsuno sich nur unter das Pferd geduckt.

Der Samurai zog nun auch sein Kurzschwert, sodass beide Hände bewaffnet waren. Doch er hatte Mühe, im Sattel das Gleichgewicht zu halten. Tatsuno hielt das Halfter nach wie vor in der Hand und zerrte den Kopf des Pferdes immer wieder nach unten und zur Seite. Das Tier stemmte und wand sich, doch Tatsuno schaffte es, ihm standzuhalten.

Plötzlich tauchte er wieder vor dem Pferd auf, wobei er geschickt den ausschlagenden Hufen auswich. Dann machte er abrupt einen Schritt zur Seite und trat dem Tier gegen das linke Vorderbein.

Das Pferd trug zwar Strohhufe, doch die Straße war schneebedeckt und rutschig. Tatsunos fester Tritt brachte das ohnehin schon panische Tier vollends aus dem Gleichgewicht, und einen Augenblick später stürzten alle drei – Pferd, Samurai und Tatsuno – mit einem dumpfen Aufprall zu Boden.

Blitzschnell kam der Ninja als Erster wieder auf die Beine. Sein Glück, denn obwohl eines seiner Beine unter dem Pferd eingeklemmt war, hielt der Samurai seine Schwerter immer noch in der Hand und teilte mächtige Hiebe mit beiden Waffen aus. Flink wie ein Akrobat duckte sich Tatsuno unter dem ersten Schlag hindurch und sprang über den zweiten hinweg. Dennoch schlitzte das Kurzschwert des Samurai Tatsunos Kimono auf und verfehlte die Beine des Ninja nur, weil dieser sie in der Luft weit spreizte.

Als Tatsuno wieder landete, schaffte er es, mit einem Fuß den linken Arm des Samurai auf den Boden zu drücken. Der Reiter holte zu einem letzten verzweifelten Schlag mit dem anderen Schwert aus, bevor Tatsuno ihm mit dem anderen Fuß auch den rechten Arm einklemmte. Auf dem sich windenden Samurai balancierend, rief er Seikei zu: »Wirf mir dein Schwert zu!«

Ohne nachzudenken, folgte Seikei dem Befehl. Das hätte er nicht tun dürfen, denn ein Samurai gab sein Schwert niemals aus der Hand. Doch Tatsuno setzte es zum Glück für Seikei ehrenhaft ein: Er fing es im Fluge auf und ließ die Klinge mit der Breitseite auf den Kopf des Samurai herunterkrachen.

Dann stieg er von den Armen des Reiters und trat zur Seite, damit das Pferd aufstehen konnte. Seikei eilte herbei und starrte auf den regungslosen Samurai herab. »Habt Ihr ihn getötet?«, fragte er ängstlich. Das wäre eine Schande gewesen, denn Seikei hatte das Schwert selbst noch nie benutzt, um jemanden zu töten.

»Nein«, antwortete Tatsuno. »Aber das hole ich gleich nach.« Damit entriss er dem Samurai das stählerne Langschwert und hob es hoch in die Luft, zum Schlag bereit.

»Halt!«, schrie Seikei. »Das könnt Ihr nicht tun! Er ist wehrlos!«

»Ja, und das ist genau der richtige Zeitpunkt, um ihn auszuschalten«, sagte Tatsuno. »Ich hätte ihn schon längst umgebracht, aber da war er, wie dir sicher nicht entgangen ist, noch dabei, *mich* umbringen zu wollen.«

»Aber was bringt es, wenn Ihr ihn tötet?«, fragte Seikei. »Er ist einer von Fürst Inabas Männern. Wir sollten den Daimyo doch besser nicht in Rage bringen. Wir müssen ihm noch die Nachricht übergeben, und dafür sollte er möglichst gut gestimmt sein.«

»Wenn ich mich recht entsinne, habe ich noch vor Kurzem vorgeschlagen, dass wir um Fürst Inabas Palast einen so großen Bogen machen wie nur möglich«, gab Tatsuno zurück. »*Du* bist derjenige, der ihm einen Besuch abstatten will.«

»Der Richter würde wollen, dass wir nach Kanazawa gehen«, beharrte Seikei, »um eventuelle Feinde des alten Fürsten zu finden.«

»Für meine Begriffe haben wir schon mehr als genug Feinde gefunden«, brummte Tatsuno.

»Wir nehmen ihm das Pferd ab«, schlug Seikei vor. »So kommen wir schneller nach Kanazawa.«

»Und seinen Kimono nehme ich mir auch«, fügte Tatsuno hinzu. »Ist nur gerecht, wo er meinen so zerschnitten hat.«

Tatsuno passte das Gewand des Samurai so gut, dass er sich auch die beiden Schwerter griff und sie unter den Obi klemmte. Das missfiel Seikei, doch schließlich hatte Tatsuno die Waffen in einem fairen Kampf errungen.

Seikei konnte es gar nicht fassen, dass Tatsuno den Samurai tatsächlich überwältigt hatte. »Ich hatte keine Ahnung, dass Ihr so kämpfen könnt«, sagte er.

»Man sollte einen unbekannten Gegner niemals unterschätzen«, sagte Tatsuno leichthin und band sein Haar auf Samurai-Art zusammen. »Kennst du Ju-Jutsu?«

»Was ist das?«

»Ein Kampfstil, der von Ninja entwickelt wurde«, erklärte Tatsuno. Als er nach dem Halfter des Pferdes greifen wollte, wich das Tier immer wieder zurück, doch von Seikei ließ es sich führen und schließlich sogar reiten. Nachdem Seikei eine Weile im Kreis herumgeritten war, sprang Tatsuno hinter ihm in den Sattel.

»Unter diesen Umständen werden wir wohl keine Schwierigkeiten haben, Kanazawa bis zum Einbruch der Dunkelheit zu erreichen«, sagte Seikei.

»Und genau das ist es, was mir Sorgen macht«, brummte Tatsuno.

Im Palast

Als sie sich den Palastmauern näherten, stieg Seikei vom Pferd und ging nebenher, als wäre er Tatsunos Diener. Tatsuno fand das sehr lustig und bellte einen Befehl nach dem anderen auf Seikei herunter, was der reichlich unangemessen fand. In Kanazawa war es spürbar wärmer als auf dem Land und zum ersten Mal seit Tagen hatten sie sicheren schneefreien Boden unter den Füßen.

Jetzt, wo Tatsuno den Kimono des Samurai trug, konnten sie sich unauffällig unter die Menschenmenge auf Kanazawas Straßen mischen – hier trug so ziemlich jeder Dritte die Farben der Familie Inaba.

Seikei wollte sofort zum Palast, doch Tatsuno lachte ihn nur aus. »Meinst du, wir können da einfach so reingehen und mit Fürst Inaba sprechen?«

»Ich habe ihn doch schon einmal getroffen«, betonte Seikei. »Er hat mich in Begleitung des Richters gesehen und weiß, dass ich für ihn arbeite.«

»Trotzdem wird es schlauer sein, uns einen Überblick zu verschaffen, bevor wir uns Hals über Kopf in

Ärger stürzen«, sagte Tatsuno. »Erst einmal sollten wir uns zur Abwechslung mal wieder eine üppige Mahlzeit gönnen.«

»Aber wir haben doch den Auftrag, für den Richter Informationen zu sammeln«, wandte Seikei ein.

»Ja, und Gasthäuser sind dafür der ideale Ort«, entgegnete der Ninja.

Dem konnte Seikei nicht widersprechen. In seinem letzten Fall hatte er vieles nur dadurch erfahren, dass er in einem Teehaus ausgeholfen hatte. Und so steuerten sie ein gut besuchtes Gasthaus an. Tatsuno reichte einem Stallburschen, der draußen stand, die Zügel. Drei Samurai lieferten sich gerade einen heftigen Wortwechsel auf der Veranda. Als Tatsuno und Seikei an ihnen vorbeigingen, packte einer der Samurai Tatsuno am Ärmel. »Kennen wir uns nicht?«, fragte er. Seine Aussprache war undeutlich und Seikei roch deutlich den Alkohol in seinem Atem.

»Ich glaube nicht«, sagte Tatsuno.

»Doch, Augenblick mal«, ging der zweite Mann dazwischen. »Wart Ihr nicht letzten Monat mit dem neuen Fürsten in der Provinz Yamato?«

»Nein, Ihr etwa?«

»Sicher, ohne mich wäre er doch nie losgegangen«, sagte der beschwipste Samurai. »Seltsame Geschäfte, kann ich nur sagen ... Aber ich darf nicht darüber reden.«

»Im Schrein wart Ihr bestimmt auch, nicht wahr?«, fragte Tatsuno.

»O-Miwa.« Der Mann nickte. Dann hielt er inne und warf Tatsuno einen bösen Blick zu. »Ich hab doch gesagt, ich darf nicht darüber reden.«

»Oh, ich vergaß«, sagte Tatsuno höflich. »Verzeiht bitte. Darf ich Euch eine Schale Sake ausgeben?«

Der Samurai nickte wieder. »Wir wollten gerade hinein.«

Doch seine zwei Begleiter hielten ihn zurück. »Er ist gerade etwas verwirrt«, raunte einer von ihnen Tatsuno zu. »Wir wollten soeben gehen.«

»Dann ein andermal«, sagte Tatsuno.

»Was war das denn jetzt?«, fragte Seikei, als sie das Gasthaus betraten. Sie setzten sich auf zwei Matten an einen langen, niedrigen Tisch, an dem eine Frau Essen auftrug.

»Der neue Fürst Inaba – der Sohn des Toten – hat eine Reise zum O-Miwa-Schrein unternommen«, sagte Tatsuno. »Was sagt uns das?«

»Das ist doch der Ort, von dem laut Aussage des Papiermachers der Schmetterling stammte.«

Tatsuno nickte. Dann fing er den Blick der Frau hinter der Theke auf und deutete erst auf einen Kessel mit Nudelsuppe und schließlich auf kleine Garnelen, die sich in einer großen Schüssel wanden. Die Frau nickte und sah fragend zu Seikei herüber, der wortlos das Gleiche bestellte.

Wenige Augenblicke später wurden ihnen zwei dampfende Schüsseln mit Suppe und Garnelen vorgesetzt. Seikei rührte mit den Essstäbchen um, damit die

Garnelen noch etwas durchweichten, während Tatsuno die Schale sofort zum Mund hob und Nudeln mitsamt Garnelen verschlang. Hastig biss er den Garnelen den Kopf ab und spuckte sie auf den Tisch.

Beim Essen musste Seikei die ganze Zeit an den Schrein denken, den der Samurai erwähnt hatte. Von dort war der Schmetterling gekommen ... Aber wo gab es eine Verbindung?

Nachdem Seikei seine Suppe aufgegessen hatte, wandte er sich an Tatsuno: »Ob Fürst Inaba zum Schrein gegangen ist, um einen Papierschmetterling zu kaufen?«

»Was sollte er mit einem Papierschmetterling?«, fragte Tatsuno zurück.

»Na ja ... Vielleicht war er es ja, der ihn neben der Leiche seines Vaters abgelegt hat.«

»Aber wozu?«

»Ich weiß es nicht. Ihr habt mir gesagt, der Schmetterling soll böse Kami verscheuchen. So etwas würde ein liebender Sohn doch für seinen Vater tun, oder nicht? Wieso sollte ein *Mörder* das tun?«

Tatsuno kippte sich die letzten Tropfen Suppe in den Mund. »Weil ein Ninja den Kami nahesteht.«

Tatsunos Überheblichkeit ärgerte Seikei so, dass er sich zu einer unhöflichen Bemerkung hinreißen ließ. »Mir scheint, Ninja sind nichts anderes als Verbrecher.«

Tatsuno starrte in seine leere Schale, als überlege er, ob er sich eine zweite bestellen sollte. Dann drehte er sich zu Seikei. »Das kannst du nur sagen, weil du wahrscheinlich noch nie Unrecht erlitten hast. Du musstest noch nie erleben, wie dir dein Land gestohlen oder deine Tochter entführt wurde und niemand dir half, dich gegen das Unrecht zu wehren … Außer einem Ninja.«

»Das stimmt aber nicht!«, ereiferte sich Seikei. »Ich helfe doch auch diesen Bauern und ich bin kein Ninja.«

Tatsuno lächelte ihn milde an. Seikei konnte sich nicht erinnern, ihn je zuvor so lächeln gesehen zu haben. Jede Arroganz war plötzlich aus dem Gesicht des Ninja verschwunden. »Tja, dann sollten wir uns jetzt so schnell wie möglich unseren Pflichten widmen«, sagte Tatsuno. »Ich gehe also davon aus, dass du immer noch vorhast, das Hilfegesuch der Bauern in den Palast zu bringen?«

»Ja.« Seikei stand auf. »Dann werdet Ihr erleben, wie ehrenhaft ein Samurai-Herrscher sich verhalten kann. Wenn der Fürst von den Nöten derer erfährt, die von ihm abhängig sind, wird er sicher etwas unternehmen.«

»Ohne jeden Zweifel«, sagte Tatsuno.

Während sie sich durch die belebten Straßen Richtung Palast kämpften, fiel Seikei auf, dass die Einwohner der Stadt keinen besonders großen Respekt ihrem verstorbenen Daimyo gegenüber an den Tag legten. Nirgendwo gab es Anzeichen dafür, dass die neunundvierzigtägige Trauerzeit eingehalten würde. In den Straßen führten Jongleure, Akrobaten, Musiker und Ringer ihre Künste vor. Selbst diejenigen, die durch ihre Schwerter als Samurai zu erkennen waren, lachten, redeten in voller Lautstärke und widmeten sich Brettspielen wie Go oder Utagai.

Seikei und Tatsuno gelangten ohne Probleme in den Palast. Weder als sie das Haupttor passierten noch als sie auf der Brücke den Wassergraben überquerten, wurden sie von Wachen aufgehalten. Offenbar reichte Tatsunos Gewand aus, um allen den Eindruck zu vermitteln, er habe guten Grund hierherzukommen.

Der Palast selbst war ein eindrucksvoller siebenstöckiger Bau, spitz zulaufende Dächer erhoben sich über mehreren Gebäudetrakten. Von den hohen Aussichtstürmen aus konnten die Wachen alle Ein- und Ausgänge überblicken. Von allen Gebäuden, die Seikei je gesehen hatte, war nur der Palast des Shoguns größer als dieser.

Zum Fürsten zu gelangen, erwies sich dann aber doch als sehr viel schwieriger, als den Palast zu betreten. Der grauhaarige Hofmeister, der so aussah, als diene er hier schon seit der Erbauung des Palastes, stellte sich den beiden in den Weg und fragte nach ihrem Begehr.

Diesmal gab sich Tatsuno ganz schweigsam und sah mit hochgezogenen Augenbrauen zu Seikei hin. »Ich … ich habe eine Nachricht für Fürst Inaba«, sagte Seikei. »Eine wichtige Nachricht.«

Der Hofmeister streckte die Hand aus. »Dann gebt sie mir.«

Seikei schüttelte den Kopf. »Nein, ich darf sie nur dem Fürsten persönlich überbringen.«

Ein vernichtender Blick traf ihn. »Für wen haltet Ihr Euch?«, fragte der Hofmeister. »Fürst Inaba ist ein viel beschäftigter Mann. Er hat keine Zeit, sich das Geschwätz jedes kleinen Jungen anzuhören, der hierherkommt.« Er wandte sich Tatsuno zu. »Wieso habt Ihr ihn überhaupt mitgebracht?«

Tatsuno zuckte mit den Schultern. »Das soll er Euch selbst sagen. Ich halte mich aus dieser Sache raus.«

Der Hofmeister wandte sich wieder Seikei zu. »Nun? Auch ich bin ein viel beschäftigter Mann.« Er sprach mit Seikei, als sei er ein kleines Kind.

Seikei holte tief Luft. »Ich bin der Sohn des Richters Ooka, offizieller Abgesandter des Shoguns. Ich bin in die Provinz Etchu geschickt worden, um Ermittlungen anzustellen, und nun möchte ich dem Fürsten von meinen Erkenntnissen berichten.«

Der Hofmeister starrte ihn ein paar Sekunden lang an, dann wechselte er einen Blick mit dem schweigenden Tatsuno. Na, *der* ist mir ja eine tolle Hilfe, dachte Seikei.

Schließlich sagte der Hofmeister: »Nun gut, dann kommt mit. Aber wenn Ihr mich angelogen habt, werde ich persönlich dafür sorgen, dass Ihr es zutiefst bereut.«

Er bedeutete Seikei, ihm zu folgen, und stieg eine Treppe hoch. Seikei lief ihm nach und warf einen Blick über die Schulter. Tatsuno war verschwunden. Entweder hat er den Palast wieder verlassen oder er hat sich unsichtbar gemacht, dachte Seikei. Aber das spielte keine Rolle. So oder so, Seikei war fest entschlossen, das einzuhalten, was er den Bauern versprochen hatte.

Warten auf den Scharfrichter

Lange ließ Fürst Inaba nicht auf sich warten. So beschäftigt war er dann wohl doch nicht und die Trauer um seinen verstorbenen Vater schien ihn auch nicht gelähmt zu haben. Um genau zu sein, spielte er gerade eine Partie Go mit einem seiner Samurai. Eine Geisha saß neben ihnen und begleitete sie mit sanften Klängen auf der Shamisen. Sie saßen in einem hellen Zimmer ganz oben im Palast, und Seikei erhaschte einen Blick aus dem Fenster – von hier konnte man bis ganz an den Stadtrand sehen und sogar noch auf die dahinterliegenden schneebedeckten Felder. Eine Aussicht, wie von einem Dichter entworfen, dachte Seikei. Doch vermutlich diente der Raum wohl eher dazu, nahende Feinde frühzeitig zu entdecken.

Der Hofmeister wartete schweigend, während der Fürst über seinem nächsten Spielzug brütete. Schließlich schob Fürst Inaba eine der weißen Scheiben auf ein benachbartes Feld, nahm eine schwarze Scheibe in die Hand und sah auf. Milde Neugier spiegelte sich auf seinem Gesicht, als er zu Seikei blickte, dann wandte er sich an seinen Diener: »Wieso stört Ihr meine Konzentration?«

Der Hofmeister verbeugte sich. »Herr, dieser Junge gibt an, der Sohn von Richter Ooka zu sein und eine Nachricht für Euch zu haben.«

»Ah.« Der Daimyo zog die Augenbrauen hoch. »Du warst doch mit Ooka im Palast meines Vaters in Edo, nicht wahr? Und, hat er den Mörder schon gefunden?«

»Nein«, erwiderte Seikei. »Soweit ich weiß, nicht.«

»Warum belästigst du mich dann?«

Seikei schluckte trocken. »Ich habe ein dringendes Hilfegesuch der Bauern Eures Herrschaftsgebietes zu überbringen.«

Sofort waren alle Blicke auf ihn gerichtet. Sowohl der Daimyo, der Hofmeister als auch der Go-Partner des Fürsten starrten ihn an.

»Herr, das wusste ich nicht«, stammelte der Hofmeister leichenblass.

Fürst Inaba brachte ihn mit einer unwirschen Handbewegung zum Schweigen. »Zeig mir das Gesuch«, sagte er zu Seikei.

Diese Reaktionen machten Seikei nervös und auf einmal kamen ihm Tatsunos Warnungen wieder in den Sinn. Doch nun war es zu spät. Entschlossen presste er die Lippen aufeinander. »Zunächst möchte ich Euch fragen, ob Ihr Kenntnis davon habt, dass die Bauern Steuern zahlen müssen, obwohl ihre Ernte zerstört wurde.«

Fürst Inaba drehte sich zu seinem Samurai um. »Nehmt ihm das Schreiben ab.«

Seikei versuchte, sich zu wehren, aber der Samurai war viel stärker. Unglücklicherweise hatte Seikei das Hilfegesuch nicht in dem doppelten Boden des Schreibsets verstaut, sodass der Samurai ihm das Papier problemlos aus dem Kimono ziehen und Seikei zu Boden schleudern konnte.

Fürst Inaba überflog das Schreiben. »Eine Liste mit Namen und Beschwerden«, sagte er leise. »Und alles in derselben Handschrift. Können diese Bauern denn nicht einmal ihren eigenen Namen schreiben?«

»Sie haben sie mir genannt und ich habe sie aufgeschrieben«, erklärte Seikei.

»Nett von dir. Warum hast du das getan?«

Seikei suchte nach einer guten Antwort. »Weil ich gesehen habe, wie sie leiden. Ich wollte ihnen helfen.«

»Ich nehme mal an, Richter Ooka hat dir das aufgetragen.«

»Nein, nicht direkt«, sagte Seikei. Der Richter würde bestimmt nicht wollen, dass sein wahrer Auftrag bekannt wurde.

»Er hat dich hierhergeschickt, damit du mich ausspionierst, nicht wahr?«

»Nein!«, rief Seikei. »Er weiß gar nicht, dass ich hier in Eurem Palast bin.«

Fürst Inaba sah zu dem Hofmeister hin. »Wie ist der Junge in den Palast gelangt?«

»Ein Samurai hat ihn mitgebracht, Herr.«

»Einer *meiner* Samurai? Kennt Ihr seinen Namen?«

»Nein, Herr. Ich habe den Mann noch nie zuvor gesehen.«

»Dann findet heraus, wer er ist!«, herrschte ihn der Fürst an. Er drehte sich wieder zu Seikei um. »Ich möchte wissen, ob wirklich niemand davon weiß, dass der Junge sich in meinem Palast befindet. In der Zwischenzeit werft ihn in den Kerker. Er soll unverletzt bleiben – vorerst.«

»Aber das könnt Ihr doch nicht machen!«, protestierte Seikei. »Ich bin im Auftrag des Richters Ooka unterwegs.«

»Ruhe!«, donnerte Fürst Inaba. »Hier bin ich der Herrscher.« Er reichte die Namensliste dem Samurai, mit dem er Go gespielt hatte. »Ich habe eine einfache Aufgabe für Euch. Spürt diese aufständischen Verräter auf und tötet sie!«

Wieder beging Seikei den Fehler, sich zu wehren. Und diesmal erhielt er zur Strafe einen schweren Schlag auf den Kopf. Als er wieder zu sich kam, lag er in tiefer Dunkelheit auf einem kalten Steinboden und in seinem Schädel hämmerte es dumpf. Nur durch ein kleines Gitter hoch über ihm drang ein trübes Licht, kaum hell genug, um die Hand vor Augen zu sehen. Und so zuckte er erschrocken zusammen, als aus der Finsternis eine Stimme zu ihm drang.

»Na, schon wach? Hoffentlich haben sie dich nicht zu hart angepackt.«

»Hart genug.« Seikei tastete vorsichtig nach der taubeneigroßen Schwellung hinter seinem Ohr. Als er die Hände an sich herabwandern ließ, stellte er wenig überrascht fest, dass sein Holzschwert verschwunden war.

Plötzlich fiel ihm der Befehl des Fürsten an seinen Samurai wieder ein. »Wie lange bin ich schon hier?«, fragte er.

»Ach, noch nicht so lange«, antwortete die Stimme, die einem alten Mann zu gehören schien. »Seit du da bist, haben sie erst einen einzigen Korb mit Essen herabgeseilt, also kann es noch nicht mal ein ganzer Tag sein. Ich habe deinen Anteil auch gegessen, das macht dir hoffentlich nichts aus. Ich wollte es doch nicht verderben lassen.«

»Ich muss hier raus«, sagte Seikei. Er musste unbedingt Doktor Genko und die Bauern warnen, dass Fürst Inaba vorhatte, sie töten zu lassen.

Der Schrei einer Möwe drang an sein Ohr. Der Schrei einer Möwe? Erst im zweiten Moment wurde Seikei klar, dass sein Zellennachbar ihn hysterisch auslachte. »Immer mit der Ruhe«, sagte er. »Solange du schön still bist, lassen sie dich hier in Frieden. Und geben dir was zu essen, was unter Umständen mehr ist, als du draußen zu erwarten hast. Da draußen leiden viele Leute Hunger, weißt du.«

»Ja, ich weiß«, erwiderte Seikei. »Ich habe dem Fürsten den Beschwerdebrief einiger Bauern überbracht.«

»Und du bist trotzdem noch am Leben? Meine Güte, die heben dich wohl für was ganz Besonderes auf. Eine Kreuzigung vielleicht. Du weißt schon, Kirishitan werden so hingerichtet – mit ausgebreiteten Armen an gekreuzten Pfählen festgenagelt. Und dann bleiben die Leichen dort hängen, als Warnung für die anderen.«

»Er wird es nicht wagen, mich hinzurichten«, sagte Seikei.

Wieder kollerte der Möwenschrei, lauter diesmal, und hallte unheimlich an den Steinwänden wider.

Seikei dachte über seine Begegnung mit Fürst Inaba nach. Warum hatte er ihm bloß verraten, dass niemand über seinen Aufenthalt im Palast Bescheid wusste? Wie hatte er nur so dumm sein können?

Aber einen gab es doch, der wusste, dass Seikei hier war: Tatsuno. Wenn er dem Richter von Seikeis Problem erzählte, würde der ihn sicher befreien. Doch Richter Ooka hatte gesagt, sie würden sich in der Provinz Yamato wiedersehen, im Haus des Gouverneurs. Und das war weit weg, Tatsuno würde Tage brauchen, um dorthin zu gelangen.

Falls er sich überhaupt die Mühe machte. Dieser Ninja schien nur so lange vertrauenswürdig zu sein, wie man ihn im Auge behielt. Und selbst dann log er immer wieder, dass sich die Balken bogen.

Aber wenn Tatsuno mich nicht rettet, wer soll es dann tun?, dachte Seikei. Ich werde einen Weg finden müssen, mich selbst zu befreien.

»Wie oft kriegt man hier etwas zu essen?«, fragte er seinen Zellengenossen.

»Zweimal am Tag. Glaube ich zumindest. Das schwache Licht, das durch das Gitter da oben kommt, wird manchmal noch schwächer – dann ist es wohl Nacht, schätze ich.«

»Und wer bringt das Essen?«

»Am besten, du hörst auf, dir so viele Gedanken zu machen«, sagte der Mann. »Du kommst hier sowieso erst raus, wenn sie dich zu deiner Hinrichtung bringen. Wenn sie dich hätten foltern wollen, hätten sie es längst getan. Also scheinst du keine Informationen mehr zu besitzen, die sie dir abringen wollen.«

Stimmt, dachte Seikei bitter. Ich habe ihnen alle Informationen ganz freiwillig und ohne Folter geliefert.

»Was ist mit Euch?«, fragte er. »Werden sie Euch auch hinrichten?«

»Ich glaube, mich haben sie vergessen. Der Mann, der als Letzter vor dir hier war, hat gesagt, Fürst Inaba wäre gestorben. Stimmt das?«

»Ja, er wurde in seinem Palast in Edo umgebracht.«

»Was für eine Schande. Wer tut denn so etwas?«

»Wie könnt Ihr über die Verbrechen anderer richten, wenn Ihr doch selbst im Kerker liegt?«, entgegnete Seikei. »Was habt Ihr angestellt, um diese Strafe zu verdienen?«

»Ich hatte den Auftrag, auf einem der Anwesen des Fürsten eine Mauer zu errichten. Ich habe mich blöd angestellt und die Mauer ist eingestürzt.«

»Und dafür sollt Ihr hingerichtet werden?«

»Na ja, ich hab's doch verdient, oder nicht?«

»Ich finde, das ist eine unangemessen strenge Strafe für solch ein geringes Vergehen«, sagte Seikei.

»Das hat meine Frau auch gesagt. Sie wollte zum Fürsten gehen und ihn um Gnade bitten. Er war wirklich ein sehr mildtätiger Mann.«

Seikeis Kopf schmerzte immer stärker. »Aber das passt nicht zusammen«, sagte er. »Ich habe mit den Bauern im Süden von Fürst Inabas Herrschaftsgebiet gesprochen. Sie haben gesagt, der Fürst habe ihnen auch ihre allerletzten Reisreserven als Steuer abgeknöpft, obwohl sie seit zwei Jahren nichts mehr geerntet haben. Jetzt sind sie und ihre Familien gezwungen zu hungern.«

»Oh ja, das ist in der ganzen Provinz so«, seufzte der Mann.

»Aber wie könnt Ihr dann sagen, der Fürst sei ein mildtätiger Mann?«

»Weil er keine Ahnung hatte, dass sein Volk leidet. Wenn er davon gewusst hätte, hätte er sicher etwas dagegen unternommen.«

Seikei konnte es kaum fassen, wie dumm der Mann war. »Aber natürlich weiß er davon – beziehungsweise wusste. Es ist doch sein eigener Herrschaftsbereich«, rief er verzweifelt.

»Nein, dafür, dass die Ordnung aufrechterhalten wird, ist der Hofmeister zuständig«, widersprach der Mann. »Und der Befehl, die Steuern einzutreiben, obwohl die Bauern nichts hatten, kam von Fürst Inabas Sohn. Der hat keinerlei Skrupel.« Er seufzte wieder. »Ich nehme an, der Sohn ist jetzt der neue Daimyo. Das heißt, auch für mich wird es eng, sobald sich jemand an mich erinnert ...«

»Woher wollt Ihr denn das alles wissen?«, fragte Seikei.

»Während des Mauerbaus habe ich so einiges gehört«, berichtete sein Leidensgenosse. »Einmal habe ich sogar ein Gespräch zwischen dem Hofmeister und Fürst Inabas Sohn mitbekommen. Sie machten sich Sorgen, dass der Fürst von ihren Machenschaften erfahren könnte.«

»Warum habt Ihr denn nichts ...?«

»Pst!«, zischte der Mann. »Hör doch mal.«

Über ihnen, von irgendwo neben dem Gitter, näherten sich Schritte.

»Die Wachen bringen das Essen«, sagte der Mann. »Oder aber ...«

Er sprach den Satz nicht zu Ende, aber Seikei wusste auch so, was er meinte. Oder aber – sie kamen, um einen von ihnen zu seiner Hinrichtung abzuholen.

Der Nachtigallboden

Das Gitter wurde zur Seite geschoben und zwei fremde Gesichter spähten zu den Gefangenen herab.

»Hai!«, rief einer der Männer. »Alter! Ist der Junge schon wach?«

»Nein«, antwortete Seikeis Zellennachbar.

»Lüg nicht«, rief der zweite Wachmann. »Sonst schmeißen wir dir ein paar fette Ratten zur Gesellschaft rein.«

»Ich bin wach«, rief Seikei, um zu verhindern, dass der alte Mann Ärger bekam.

»Wir lassen jetzt ein Seil runter«, sagte der zweite Mann. »Binde es dir um die Hüften.«

Schon kam ein Seilende durch die Luke gesegelt.

»Wenn sie dich verbrennen wollen«, flüsterte der alte Mann Seikei zu, »atme gleich die Flammen ein, dann stirbst du schneller.«

»Ich komme zurück und hol Euch hier raus«, raunte Seikei zurück. Er merkte, wie der Mann in eine Ecke zurückwich, so weit weg von Seikei wie nur irgendwie möglich. Seikei wusste, warum er auf diese Weise reagierte. Niemand hielt sich gern in der Nähe eines Verrückten auf, denn es hieß, Verrückten würden böse Kami innewohnen.

Seikei band sich das Seil um die Hüften und knüpfte dazu einen Schlingenknoten, den er rasch würde lösen können, sobald er draußen war.

Doch die zwei Männer oben waren wachsam. Während der eine Seikei hochhievte, stand der andere ein paar Schritt weiter weg und behielt jede von Seikeis Bewegungen genau im Auge, die Hand auf den Schwertknauf gelegt.

Sobald er oben war, begann Seikei, das Seil zu lockern, doch der Samurai, der ihn hochgezogen hatte, sagte: »Lass das«, und band ihm rasch die Hände auf dem Rücken zusammen.

»Hier entlang«, sagte der zweite Mann und ging voraus. Seikei blieb nichts anderes übrig, als den beiden zu folgen wie ein Hund an der Leine.

»Ich bin im offiziellen Auftrag des ehrenwerten Richters Ooka hier«, sagte Seikei. »Es ist Eure Pflicht, mich freizulassen.«

Keiner der Männer reagierte. Sie bogen in einen dunklen Flur ein, und plötzlich hörte Seikei ein seltsames Geräusch – einen dumpfen Schlag, als habe jemand mit einer behandschuhten Hand gegen die Wand geschlagen.

Der Samurai, der das Seil hielt, hatte es auch gehört. »Chigo?«, rief er.

So schnell, dass Seikei kaum begriff, was passierte, tauchte ein dritter Samurai aus dem dunklen Flur auf, stürzte sich auf den zweiten Wachmann und schlang ihm einen Arm um den Hals. Seikei hörte ein Übelkeit erregendes Knacken, dann sank der Mann wie ein schlaffer Sack zu Boden.

Der dritte Samurai drehte sich um und Seikei erkannte sein Gesicht im Schatten. »Tatsuno!«, stieß er hervor.

Tatsuno hielt ihm die Hand vor den Mund. »Keinen Ton«, flüsterte er. »Du tust, was ich dir sage – und sonst nichts!«

Seikei nickte. Tatsuno schien wie verwandelt. Sein Körper war angespannt und schien vor Energie beinahe zu bersten, wie ein gespannter Bogen kurz vor dem Abschuss. Seine Augen glühten vor Entschlossenheit, als er Seikeis Handfesseln löste. Doch statt das Seil wegzuwerfen, wand er es um seinen Unterarm und bedeutete Seikei, ihm zu folgen.

Sie schlichen einen Korridor entlang, der nur von einer rauchigen Fackel aus Kiefernharz erleuchtet wurde. Jenseits ihres Lichtscheins schien es außer schwarzer Finsternis nichts zu geben. Tatsuno ging voraus, blieb stehen und tastete sich dann an der Wand zu seiner Rechten entlang. Plötzlich hielt er an, drückte gegen den Stein – und die Mauer schwang nach innen auf.

Geschmeidig schlüpfte Tatsuno durch die Öffnung und Seikei folgte ihm. Gleich am Eingang stieß er sich den Zeh an und wäre beinahe hingefallen – vor ihm führte eine steile Treppe nach oben. Seikei sah Tatsuno hinterher, der schon einige Stufen weiter war und auf ihn herabstarrte. »Soll ich dich tragen oder was?«, zischte er. »Oder schaffst du es, allein zu laufen, ohne wie ein hammerschwingender Schmied durch die Gegend zu lärmen?«

So laut kann ich gar nicht gewesen sein, dachte Seikei gekränkt, doch er gab sich alle Mühe, sich nun wirklich vollkommen lautlos zu bewegen. Die Treppe kam ihm unendlich lang vor, und er konzentrierte sich so darauf, einen Fuß geräuschlos vor den anderen zu setzen, dass er, oben angelangt, völlig orientierungslos gegen Tatsuno prallte.

Die Luft hier war spürbar kälter, daher wusste Seikei, dass sie bald aus dem Palast heraus sein würden. Er blickte über Tatsunos Schulter und sah, dass sie in einem Wehrgang standen, der um den zweiten Stock des Palastes herumführte. Der Weg wurde von einer hohen Steinmauer mit schlitzförmigen Aussparungen umsäumt, durch die die Bogenschützen auf die angreifenden Feinde vor dem Palast zielen konnten.

Tatsuno gab Seikei ein Zeichen, auf der Treppe stehen zu bleiben. Er rollte das Seil ab, knüpfte eine Schlinge in das eine Ende und warf es über einen Steinvorsprung am anderen Ende der Mauer. Dann zog er vorsichtig daran, sodass es sich spannte, und band schließlich das andere Ende an eine eiserne Delfinskulptur, die die Steinbrüstung zierte.

Tatsuno schob Seikei nach vorn. »Ich werde mich bis zu diesem Wachturm an der Ecke vorhangeln«, flüsterte er. »Im Wachturm gibt es ein Fenster, unser Weg nach unten. Schau zu, was ich mache, und tu dann genau dasselbe. Stütz dich mit den Füßen an der Mauer ab, aber auf keinen Fall darfst du den Holzboden des Wehrgangs berühren, verstanden?«

Seikei nickte. »Ein Nachtigallboden«, flüsterte er und erinnerte sich an Fürst Inabas Palast in Edo. Dieser Nachtigallboden hier war beinahe genauso breit, Seikei hätte ihn höchstens mit viel Anlauf überspringen können.

Tatsuno lehnte sich nach vorn und griff nach dem Seil. Dann schwang er sich hoch und stemmte die Füße gegen die Mauer. Schritt für Schritt hangelte er sich am Seil nach unten, hin zu dem Wachturm an der Ecke.

Seikei holte einmal tief Luft und folgte seinem Beispiel. Sobald er das Seil fest gepackt hatte, war es gar nicht so schwer wie erwartet, die Füße hinüberzuschwingen. Das Balancieren auf der Mauer war allerdings kein Kinderspiel. Er musste sich mit den Händen am Seil entlanghangeln und die Füße seitwärts die Mauer entlangschieben, und das immer und immer wieder. Er war viel zu langsam, Tatsuno würde ewig auf ihn warten müssen.

In dem Versuch, schneller voranzukommen, rutschte Seikei plötzlich mit einer Hand ab. Reflexartig setzte er einen Fuß am Boden auf, um nicht zu stürzen.

Sofort begann der Nachtigallboden zu singen.

Kaum hatte das Brett unter Seikeis Fuß zu schwingen angefangen, stieß es schon ein zweites an, und die Reibung zwischen den beiden erzeugte ein lautes Quietschen. Das zweite Brett rieb gegen ein drittes, und so quietschte es immer weiter fort, bis Seikei überzeugt war, dass jede Menschenseele im Palast hellwach geworden sein musste.

Unter ihnen steckte ein Mann den Kopf aus dem Wächterhaus. Als er die beiden entdeckte, stürzte er sich mit einem Aufschrei auf Tatsuno, der beinahe am Ende der Mauer angekommen war, und zog dabei sein Schwert.

Tatsuno hüpfte von der Mauer und baute sich in Kampfstellung vor dem Mann auf. Seikei erschrak – Tatsuno stand dem rasiermesserscharfen Samuraischwert mit bloßen Händen gegenüber.

Doch dann holte Tatsuno etwas aus seinem Kimono hervor. Es war klein genug, um es in der Hand zu verstecken. Mit einer Bewegung, blitzschnell wie ein Peitschenschlag, schleuderte Tatsuno es dem Samurai entgegen.

Seikei hörte ein Sirren wie von Kolibriflügeln, sah aber nichts anderes als einen goldenen Lichtblitz. Dann schrie der Palastwächter laut auf, ließ das Schwert klirrend fallen und griff sich mit beiden Händen ins Gesicht.

Tatsuno drehte sich zu Seikei um. »Vergiss den Boden! Lauf! Mir nach!«, schrie er.

Seikei sprang herunter und rannte los. Mittlerweile waren alle Bretter am Singen. Der Samurai kniete am Boden und Blut sickerte ihm zwischen den Fingern hervor. Hinter Seikei wurden aufgeregte Rufe laut.

Er drehte sich nicht um, denn Tatsuno war längst im Wächterhaus verschwunden. Als Seikei wenige Augenblicke später auch dort eintraf, kniete Tatsuno auf dem Fenstersims. »Spring«, sagte er und deutete nach unten.

Seikei zögerte. »Aber wir sind doch noch viel zu weit oben …«

Er kam nicht dazu, den Satz zu Ende zu sprechen. Tatsuno hatte ihn am Kimono gepackt und so mühelos hochgehoben, als wäre er ein Kleinkind. Mit einem groben Stoß schleuderte er Seikei aus dem Fenster.

Im ersten Sekundenbruchteil war Seikei wie gelähmt. Er glaubte in einen dunklen, bodenlosen Schlund hinabzufallen. Doch dann sah er unter sich den Mond, der sich wunderschön und geheimnisvoll im Wassergraben spiegelte. Vor wenigen Tagen hatte ihn ein ähnlicher Anblick zu einem Gedicht inspiriert. Diesmal fühlte sich Seikei wenig poetisch. Der Wassergraben schoss auf ihn zu.

Mit einem Klatsch landete er im Nassen und tauchte tief ein. Aus Angst, er könnte die Orientierung verlieren und nicht mehr an die Oberfläche finden, strampelte er panisch, und wieder war es der Mond, der ihm den richtigen Weg wies. Erst nachdem er gierig die kalte Nachtluft eingesogen hatte, bemerkte er, dass der Wassergraben nach allerlei Unrat und dem Inhalt der Palast-Nachttöpfe stank.

Neben ihm platschte es gewaltig – Tatsuno. Sofort kam er wieder hoch und scheuchte Seikei ans andere Ufer. Hoch über ihnen mehrten sich die Schreie, und etwas zischte, summend wie eine Biene, an Seikeis Kopf vorbei. Und noch einmal – und diesmal erkannte Seikei, was neben ihm ins Wasser glitt. Ein Pfeil.

Seikei hatte bislang keine Ahnung gehabt, dass er so schnell schwimmen konnte. Ein paar kräftige Armzüge und schon hatte er das rettende Ufer erreicht. Die Böschung war glitschig, doch Tatsuno war bereits hinaufgeklettert und zog Seikei am ausgestreckten Arm hoch.

Mit einem Stöhnen hievte Tatsuno Seikei auf festen Boden. Seikei drehte sich zu ihm um – ein Pfeil steckte in Tatsunos Schulter.

Doch Tatsuno winkte ab und schubste Seikei vorwärts. »Lauf, gleich geht das Tor zu«, drängte er.

Das ließ sich Seikei nicht zweimal sagen. Schon rannte er vorwärts, die Augen starr geradeaus gerichtet auf den Mond, der durch das offene Tor schien. Hinter ihm dröhnten Schritte. Er hoffte, es sei Tatsuno, wagte aber nicht, sich umzudrehen.

Auf der Mauer über dem Tor schrie jemand einen Befehl und eine Lampe blitzte auf. Dann ertönte ein mahlendes Geräusch – das Rumpeln hölzerner Zahnräder. Das Tor wurde herabgelassen.

Seikei zwang sich, noch schneller zu laufen, bis er bei jedem Schritt fast vornüberstürzte. Der Spalt zwischen dem Tor und dem Boden darunter wurde immer kleiner. Im allerletzten Augenblick hechtete er mit dem Kopf voraus unter dem nach unten ratternden Tor hindurch.

Er wollte stehen bleiben, seine Lungen schrien nach Luft, doch Tatsuno packte ihn und schob ihn weiter voran. »Nur noch ein kleines Stück«, sagte er. »Ich habe Pferde.«

Die Geschichte des Ninja

Während Seikei und Tatsuno aufsaßen, hörten sie, wie hinter ihnen das Palasttor wieder aufging. Fürst Inabas Leute machten sich also auf die Jagd nach dem entlaufenen Gefangenen und seinem Komplizen.

Tatsuno galoppierte durch die schmalen Straßen der Stadt voraus. Die Hufschläge der Pferde echoten laut im Labyrinth der stillen, schlafenden Häuser und Geschäfte. Es muss hier doch Nachtwachen geben, dachte Seikei. Genau wie in Edo, wo jede Bewegung nach Einbruch der Dunkelheit sofort Verdacht erregte und Alarm auslöste.

Bald dröhnte von hinten wildes Hufgeklapper: Die Verfolger, ein großer berittener Trupp, kamen näher.

Tatsuno brachte sein Pferd zum Stehen und glitt aus dem Sattel. Der Pfeil hatte seine Schulter einmal komplett durchschossen und aus dem Schulterblatt ragte die Pfeilspitze immer noch heraus. Blut strömte aus der Wunde. Es war nicht mehr zu übersehen, dass der Blutverlust Tatsuno schwächte.

»Bring dein Pferd da rein.« Tatsuno deutete auf eine dunkle Gasse zwischen zwei Läden. Ein gutes Versteck, das Seikei ohne Tatsunos Hilfe sicher nicht entdeckt hätte. Seikei stieg ab und führte das Tier in die Gasse hinein.

Tatsuno klatschte seinem Pferd mit der Hand auf den Rumpf und warf ihm die Zügel über den Rücken. Das verschreckte Tier galoppierte davon und Tatsuno folgte Seikei in die enge Gasse. »Fürst Inabas Leute werden meinem Pferd nachjagen«, sagte er.

Sie führten das zweite Pferd tiefer in die finstere Gasse hinein, und Seikei war sich sicher, dass man sie von der Straße aus unmöglich sehen konnte. Allmählich schwankte Tatsuno immer stärker und taumelte schließlich gegen Seikei, der ihn auffing.

»Ihr seid schwer verletzt«, sagte Seikei. Er dachte an Doktor Genko, der unglücklicherweise mindestens einen Tagesritt entfernt war.

Langsam glitt Tatsuno zu Boden. Seikei hörte ihn keuchen, und plötzlich wurde ihm mit Entsetzen bewusst, dass sein Begleiter sterben könnte. »Danke, Tatsuno, dass Ihr mich gerettet habt«, sagte er mit belegter Stimme. Die Worte hallten merkwürdig in seinem Kopf nach, und er wagte nicht hinzuzufügen: »Ich wollte Euch danken, bevor es zu spät ist.«

Tatsuno machte ein zischendes Geräusch, und Seikei hätte nicht sagen können, ob er lachte oder im Todeskampf nach Luft rang. »Noch sind wir nicht in Sicherheit«, sagte Tatsuno. »Hörst du das?«

Sie lauschten mit starrer Miene, während der Trupp berittener Samurai an ihrem Versteck vorbeischoss. Seikei strich seinem Pferd über den Hals, um es zu beruhigen.

»Sobald sie das andere Pferd entdecken, werden sie wieder zurückkommen«, keuchte Tatsuno. »Wir müssen weiter.«

»Aber Ihr habt keine Kraft mehr«, wandte Seikei ein. »Wir müssen einen Arzt finden.«

»Ich habe meine eigene Medizin«, entgegnete Tatsuno. »Komm her, du musst mir helfen.«

»Was soll ich tun?«

»Den Pfeil packen und abbrechen.«

»Abbrechen?«

»Ja. Ich kann ihn nicht herausziehen, solange die Spitze noch dran ist.«

Seikei holte tief Luft. »Ich bin bereit«, sagte er dann.

Es war schrecklich. Seikeis Magen rebellierte, als er den Pfeil an beiden Enden griff und hin und her drehte. Jedes Mal, wenn er ihn bewegte, strömte noch mehr Blut aus Tatsunos Wunde.

Der Pfeil war hart. Seikei spürte, wie die Spitze sich in seine Handfläche bohrte, als er sie abzubrechen versuchte. Bestimmt hatte Tatsuno ganz entsetzliche Schmerzen, doch kein Laut drang aus seiner Kehle. Schließlich knackte es und der Pfeil zerbrach in zwei Hälften. Seikei hielt die Spitze in der Hand.

Sofort griff Tatsuno nach dem Schaft und zog ihn aus seiner Schulter. Immer noch kam ihm nicht das leiseste Stöhnen über die Lippen. Seikei konnte über so viel Selbstbeherrschung nur staunen.

Dennoch schien Tatsuno diese Prozedur viel Kraft gekostet zu haben. »Unter meinem Gürtel«, raunte er Seikei zu, »ist ein Beutel mit Heilkräutern. Hol ihn raus.«

Seikei folgte dem Befehl. In dem Beutel war ein Klumpen süßlich riechendes Moos, das mit getrockneten Blättern und Samen gespickt war.

»Leg etwas davon auf beide Wunden«, sagte Tatsuno.

Zu Seikeis Überraschung klebte das feuchte Moos sofort an Tatsunos Schulter fest, als schlage es am Fuße eines Baumes Wurzeln. Tatsuno rückte seinen Kimono zurecht und zog den Gürtel stramm. Dann versuchte er aufzustehen – vergebens.

»Ihr müsst Euch ausruhen«, sagte Seikei. »Ich wecke Euch, sobald ich die Samurai zurückkommen höre.«

Tatsuno nickte stumm.

Doch am Ende war es Tatsuno, der Seikei weckte. Seikei hatte es einfach nicht geschafft, die Augen offen zu halten. Mit einem Ruck setzte er sich auf. Er hatte geträumt, der Samurai, dem sie seinerzeit das Pferd abgenommen hatten, würde mit gezücktem Schwert die Gasse entlang auf sie zukommen. Gerade als Seikei schreien wollte, legte ihm Tatsuno die Hand auf den Mund.

Blinzelnd sah Seikei zu dem Ninja hoch. »Woher wusstet Ihr, dass ich träume?«, fragte er.

Tatsuno lächelte. »Das habe ich dir angesehen. Du hast dir das geheime Wissen darüber, wie man seine wahren Gefühle verbirgt, noch nicht angeeignet.«

Seikei starrte ihn an. Tatsuno wirkte munter, er schien sich erholt zu haben. »Ihr seht viel besser aus«, sagte Seikei erstaunt. »Was macht Eure Verletzung?«

»Ich ignoriere sie«, erwiderte Tatsuno. »Du hast mir vorhin sehr geholfen. Ich hätte den Pfeil nur schwerlich allein abbrechen können.«

»Es war meine Schuld, dass Ihr überhaupt verwundet wurdet«, sagte Seikei.

»Nein, keineswegs. Wir treffen all unsere Entscheidungen selber. Wenn ich so dumm bin zu entscheiden, dich aus Fürst Inabas Fängen zu retten, muss ich mit den Folgen leben.«

»Fürst Inaba!«, rief Seikei. »Den habe ich ja ganz vergessen! Er will seine Samurai ausschicken, um Doktor Genko und die Bauern zu töten. Wir müssen sie warnen!«

Tatsuno schüttelte den Kopf. »Wenn Fürst Inaba ihren Tod will, können wir sie nicht retten.«

»Aber wenn sie wüssten, dass die Samurai kommen, könnten sie sich verstecken oder weglaufen.«

»Weglaufen? Wohin denn? Die meisten sind noch nie im Leben aus ihrem Dorf herausgekommen. Wo sollen sie denn leben? Und was sollen ihre Familien ohne sie anfangen?«

»Trotzdem …«, begann Seikei, aber Tatsuno schnitt ihm das Wort ab.

»Genug davon. Wir müssen los. Es sind schon wieder Leute auf den Straßen unterwegs, die Geschäfte machen langsam auf. Wir müssen in der Menge untertauchen.«

Sie fanden ein paar leere Säcke in der Gasse und warfen sie über den Rücken des Pferdes. Tatsuno löste den Haarknoten, der ihn als Samurai auswies, versteckte die zwei Schwerter unter der Kleidung und warf sich einen Sack über, um das Inaba-Wappen auf seinem Kimono zu verdecken. Für nichts ahnende Betrachter waren die beiden nun einfach irgendwelche Bauern, die ihre Waren in der Stadt verkauft hatten und jetzt nach Hause zurückwollten.

Zweimal kamen sie an Samurai vorbei, die die Vorbeieilenden sorgfältig musterten. Seikei erstarrte vor Angst, doch Tatsuno raunte nur: »Halte den Kopf gesenkt.« Keiner der Samurai hielt sie auf.

Schließlich erreichten sie den Stadtrand. Vor ihnen lag eine Gabelung, von der ein Weg nach Westen und einer nach Süden abzweigte.

»Ich möchte Euch etwas fragen«, sagte Seikei.

»Wenn du nichts dagegen hast, würde ich gern ein Weilchen reiten«, sagte Tatsuno.

»Natürlich.« Seikei war überrascht. Offenbar hatte Tatsuno größere Schmerzen, als man ihm anmerken konnte. Er ließ sich sogar von Seikei in den Sattel helfen.

Als er einigermaßen bequem saß, sagte Tatsuno: »Also, was möchtest du mich fragen?«

»Was habt Ihr dem Wachmann im Palast entgegengeschleudert?«

»Ein Shuriken«, erklärte Tatsuno. »Eine dünne Metallscheibe mit scharfen Zähnen. Sehr nützliches Schätzchen. Setzt jeden außer Gefecht, der sich einem in den Weg stellt.«

»Habt Ihr noch mehr von den Dingern?«

Tatsuno sah ihn von der Seite an. »Warum willst du das wissen?«

»Nun ja ... Könnte ja sein, dass sich uns noch mehr Leute in den Weg stellen.«

»Ein Shuriken ist eine Waffe für Ninja, nicht für Samurai. Außerdem verrät ein Ninja niemals, wie viele Waffen er bei sich trägt.«

»Dann seid Ihr also wirklich ein Ninja?«

»Hat dein Vater dir doch gesagt. Hast du ihm etwa nicht geglaubt?«

Seikei lief rot an. »Natürlich habe ich ihm geglaubt. Aber Ihr habt nicht ...«

»Ich habe nicht wie ein Ninja gewirkt? Das ist Teil der Kunst, sich unsichtbar zu machen.«

Seikei nickte. »Noch etwas würde ich Euch gern fragen. Was für einen Grund könnte ein Ninja haben, Fürst Inaba zu töten?«

Tatsuno schwieg eine Weile. So lange, dass Seikei schon nach oben blickte, um nachzusehen, ob er vielleicht im Sattel eingeschlafen war.

Als Tatsuno schließlich sprach, klang seine Stimme tief und dumpf, als erzähle er eine Geschichte, die von weit her stammte. »Anfangs waren Ninja einfach freiheitsliebende Leute, die in den Bergen lebten, wo sie den Natur-Kami sehr nahekamen. Doch mit der Zeit missfiel es den Shogunen und selbst den Kaisern immer mehr, dass es in ihrem Reich Menschen gab, die sich ihrer Kontrolle entzogen. Also schickten sie Samurai los, um uns zu überwältigen.«

Tatsuno machte eine Pause. Seikei wartete gebannt darauf, dass er weitererzählte. *Uns* hatte Tatsuno gesagt. Noch nie hatte er von einem Ninja selbst etwas über das Leben der Ninja gehört.

»Mittlerweile«, fuhr Tatsuno fort, »hatten die Ninja schon ein so enges Verhältnis zu den Kami, dass sie in der Lage waren, mit deren Hilfe die Samurai zu verwirren und sie schließlich in die Flucht zu schlagen.«

»Inwiefern verwirren?«, hakte Seikei nach.

»Um das zu erfahren, müsstest du selbst ein Ninja sein«, winkte Tatsuno unwillig ab.

»Und was ist dann mit den Samurai geschehen?«

»Sie sind entweder geflohen oder gestorben …« Tatsuno machte eine wegwerfende Handbewegung. »Wer weiß das schon so genau? Jedenfalls war den Ninja klar, dass der Shogun nun noch mehr Samurai schicken würde. Also begannen wir, unsere Fähigkeiten weiterzuentwickeln. Nur dass wir uns jetzt auf Fähigkeiten konzentrierten, die uns helfen würden, uns zu verteidigen.«

Wieder hielt Tatsuno inne und starrte in die Ferne, als sei er tief in der Vergangenheit versunken. »Wir wurden zu den besten Mördern, die es je gegeben hatte«, sagte er schließlich. »Wir waren besser als jeder Samurai.« In seiner Stimme lag Stolz, aber auch tiefe Traurigkeit.

Dann veränderte seine Stimmlage sich plötzlich wieder. »Und, kannst du dir denken, was dann passierte?«, fragte er Seikei.

»Die Leute bekamen Angst vor den Ninja?«

Tatsuno lachte auf, kurz und rau wie ein Husten. »Stimmt genau. Und der Shogun und die Daimyo, die sich damals gegenseitig bekriegten, begannen sich allmählich auf eine andere Weise für uns zu interessieren. Wir besaßen nämlich die Fähigkeit, Wege zu beschreiten, die andere nicht beschritten, und so zu töten, wie andere nicht töten konnten. Wann immer der Shogun oder ein Daimyo – oder sonst irgendjemand – einen Mörder brauchte, wusste er, dass er am besten einen Ninja anheuerte.«

Wieder verstummte Tatsuno. Schweigend saß er im Sattel, während Seikei neben dem Pferd herlief. »Weißt du noch, was du mich vorhin gefragt hast?«, sagte Tatsuno dann leise.

Seikei hatte es tatsächlich beinahe schon wieder vergessen. »Was ein Ninja für einen Grund hätte, den Fürsten zu töten?«

»Ja. Der Grund ist: Jemand hat ihn dafür bezahlt«, antwortete Tatsuno.

»Die Bauern?«, fragte Seikei. »Meint Ihr, die Bauern haben ihn beauftragt?«

»Eins steht jedenfalls fest«, erwiderte Tatsuno ausweichend. »Fürst Inaba – und zwar sowohl der alte als auch der neue – hatte eine Menge Feinde.«

Der Flug des Schmetterlings

Hufgetrappel unterbrach ihre Unterhaltung. Bestimmt waren das Fürst Inabas Samurai! Tatsuno trieb sein Pferd in ein Wäldchen am Straßenrand, Seikei rannte hinterher.

Tatsuno ließ sich aus dem Sattel gleiten, und seine Knie knickten ein, als er den Boden berührte. Obwohl er keine Miene dabei verzog, war es klar, dass seine Verletzung ihm noch immer ziemlich zu schaffen machte.

»Versteck dich hinter einem Baum«, zischte er Seikei zu.

»Und was ist mit Euch?«, fragte Seikei. »Sie werden doch das Pferd sehen.«

»Ich sorge dafür, dass sie es nicht sehen«, erwiderte Tatsuno.

Seikei suchte sich einen dicken Baumstamm aus und duckte sich dahinter. Aber er konnte nicht anders, er musste hervorspitzen, als die Samurai sich näherten.

Sie kamen aus südlicher Richtung, gut zwanzig bis an die Zähne bewaffnete Krieger in Rüstungen aus geflochtenen Lederstreifen. Die meisten trugen Helme, in die wilde Fratzen geschnitzt worden waren, die ihre Feinde in die Flucht schlagen sollten.

Seikei war erschüttert. Das waren doch keine richtigen Feinde, die Fürst Inaba außer Gefecht setzen musste – sondern ein paar mit Stöcken bewaffnete Bauern, deren einziges Verbrechen darin bestand, ihre Familien am Leben erhalten zu wollen!

Seikei sah sich nach Tatsuno um, doch Ninja und Pferd waren wie vom Erdboden verschluckt.

Zum Glück, denn obwohl Seikei die Männer nur aus der Ferne beobachten konnte, kam es ihm doch so vor, als sei einer von ihnen der Samurai, dem Tatsuno das Pferd abgenommen hatte.

In der ersten Reihe der Reiter blitzte etwas auf. Seikei blinzelte geblendet und sah dann, wie einer der Samurai etwas zu Boden schleuderte.

Als der Trupp um die nächste Biegung verschwunden war, kam Seikei vorsichtig aus seinem Versteck. Er suchte mit den Augen angestrengt die Umgebung ab, doch immer noch war Tatsuno nirgendwo zu sehen. Die Stille, die das kleine Wäldchen erfasst hatte, war seltsam und irgendwie gruselig – als hätte ein eisiger Wind hindurchgepfiffen und alles Leben davongeweht. Seikei versuchte, nach dem Ninja zu rufen, doch seine Kehle war vor Angst wie zugeschnürt.

Er rannte zurück auf die Straße – alles, selbst das Risiko, hier gesehen zu werden, war ihm lieber als die unheimliche Totenstille in dem finsteren Wald.

Zwischen den Hufabdrücken der Samuraipferde glitzerte etwas im Schnee. Das Ding, das der Samurai weggeworfen hatte! Seikei hob es auf.

Er erkannte den Gegenstand sofort. Es war das Drahtgestell mit den zwei durchsichtigen Scheiben, durch die Doktor Genko bei der Untersuchung von Seikeis Knöchel geblickt hatte. Doch die Scheiben waren zerbrochen, nur ein paar Scherben klebten noch in dem völlig verbogenen Rahmen.

»Verstehst du, was das heißt?«

Seikei wirbelte beim Klang der Stimme herum. Tatsuno stand hinter ihm, das Pferd hielt er an den Zügeln.

»Wo kommt Ihr denn auf einmal her?«, fragte Seikei mit zittriger Stimme. Seine Nerven waren zum Zerreißen gespannt und das plötzliche Auftauchen von Tatsuno gab ihnen den Rest.

»Aus dem Wald«, erklärte Tatsuno. »Ich war unsichtbar. Aber das spielt keine Rolle. Was glaubst du, was das Ding in deiner Hand zu bedeuten hat?«

Seikei biss sich auf die Unterlippe. »Dass die Samurai in Doktor Genkos Dorf waren. Wir müssen hin und nachsehen, ob wir den Leuten helfen können.«

»Dazu ist es zu spät, das wird doch langsam selbst dir klar sein«, entgegnete Tatsuno. »Außerdem müssen wir jetzt deinen Vater finden.«

»Vielleicht ist es doch noch nicht zu spät«, beharrte Seikei. »Die Bauern haben uns vertraut. Wir *müssen* etwas tun, um ihnen zu helfen.«

»Dann werde zum Krieger und töte Fürst Inaba!«, rief Tatsuno. Er hatte sichtlich die Geduld verloren. »Wach auf! Hör auf zu träumen, Junge!«

»Ich könnte ja einen Ninja als Helfer anheuern«, sagte Seikei wütend. »Wenn es so etwas wie tapfere Ninja überhaupt gibt.«

»Und wenn du ihn bezahlen kannst«, ergänzte Tatsuno. »Allerdings musst du wissen, dass Ninja grundsätzlich weniger tapfer als schlau sind.«

»Ihr meint wohl eher gierig«, zischte Seikei.

Mit einem Schulterzucken stieg Tatsuno aufs Pferd und machte sich auf den Weg nach Süden. Seikei folgte ihm zu Fuß. Ein kalter Wind wehte ihnen Schneeflocken in den Rücken.

Als sie die Gabelung erreichten, drehte sich Tatsuno zu Seikei um. »Hast du diesen Papierschmetterling noch?«, fragte er.

»Ja.«

»Gib ihn mir.«

Seikei zögerte. »Was wollt Ihr damit?«

»Komm schon, du brauchst ihn nicht mehr. Wir wissen doch jetzt, woher er stammt.«

Nur zögernd holte Seikei den Schmetterling aus seinem Kimono. Aber irgendwie war er dann doch ganz froh, das blutbefleckte Ding loszuwerden. Er reichte es dem Ninja.

Tatsuno breitete die Flügel des Schmetterlings so weit wie möglich aus, legte ihn auf seine Handfläche und hielt ihn hoch in die Luft. Eine Windböe erfasste das gefaltete Papier und blies es nach Süden – in Richtung von Doktor Genkos Dorf.

Seikei kniff die Augen zusammen und sah ihm nach – wenn ihn nicht alles täuschte, schlängelten sich dort, wo das Dorf lag, graue Rauchschwaden in den Winterhimmel.

»Das ist alles, was wir für sie tun können«, sagte Tatsuno. Damit drehte er sich weg und ritt Richtung Westen.

Seikei sah dem Schmetterling nach, der doch irgendwann zu Boden fallen musste. Aber der kleine Papierfalter wurde vom Wind davongetragen, bis er außer Sichtweite geriet.

Tatsuno hatte Recht, musste Seikei insgeheim zugeben. Sie konnten jetzt nichts mehr tun. Im Moment jedenfalls nicht. Aber er würde schon noch dafür sorgen, dass Fürst Inaba seine gerechte Strafe bekam.

Öde und vollkommen leer erstreckte sich die Straße wie eine einzige Schneedecke vor ihnen. Sie kamen an einigen Bauernhöfen vorbei, die verlassen zu sein schienen. Vielleicht hatten die Bewohner den Kampf ums Überleben aufgegeben und waren verhungert, oder vielleicht waren sie in die Stadt abgewandert, um dort ihr Auskommen zu suchen.

In einem der verwaisten Bauernhäuser richteten sich Seikei und Tatsuno für die Nacht ein. Feuer konnten sie keins machen, denn die Kohlen im Kamin waren schon vor langer Zeit heruntergebrannt. Zu essen gab es auch nichts, weder für sie noch für das Pferd. Nach Einbruch der Dunkelheit, als der Schneefall stärker wurde, holte Tatsuno das Tier ins Haus herein. Und obwohl das Pferd ziemlich streng roch, war die Temperatur durch seine Körperwärme im Raum doch etwas erträglicher geworden.

Seikei fühlte sein Schreibset im Ärmel, aber zum Schreiben war es hier drinnen viel zu dunkel. Er lag ruhelos am Boden und versuchte, im Kopf zu dichten. Damit hatte sich auch Basho oft getröstet, wenn er unterwegs unerwarteten Widrigkeiten begegnet war. Aber irgendwie fiel Seikei nichts anderes ein als zu beschreiben, wie es war, mit einem Pferd im selben Raum zu schlafen. Ob Basho das auch schon mal gemacht hatte?

Am nächsten Tag mussten sie nicht lange suchen, bis sie ein bewohntes Bauernhaus fanden. Aus dem Schornstein stieg Rauch empor. Was sie zunächst für eine glückliche Fügung des Schicksals hielten, bereitete Seikei ziemliche Bauchschmerzen, als ihnen der Bauer und sein Sohn – der etwa in Seikeis Alter war – auf der Schwelle entgegentraten. Der Mann hatte eine Axt in der Hand, der Junge eine Heugabel.

»Sie halten uns für Räuber«, sagte Tatsuno. »Sie haben so wenig, dass sie es mit Zähnen und Klauen verteidigen.« Er trat vor und streckte die Handflächen aus, um den beiden zu zeigen, dass er nichts Böses im Schilde führte. Seikei wusste mittlerweile, dass auch Tatsunos nackte Hände so gefährlich sein konnten wie richtige Waffen – und mithilfe seiner tödlichen kleinen Shuriken hätte er Vater und Sohn leicht in die Knie zwingen können.

Doch Tatsuno tat etwas ganz anderes – er bot den beiden sein Pferd an. Und verlangte im Gegenzug nur zwei Schalen Reis dafür.

Der Bauer war sichtlich misstrauisch. Er untersuchte das Pferd bis ins Kleinste, fing mit dem Gebiss an und ging dann zu den Beinen und Hufen über.

Der Mann muss verrückt sein, dachte Seikei. Wenn ich selber zwei Schalen Reis hätte, würde ich die ohne zu zögern gegen das Pferd eintauschen, dann könnte ich den Rest des Weges im Sattel zurücklegen.

Schließlich willigte der Bauer ein. Trotzdem erlaubte er aus Angst, es könnte eine Falle sein, Seikei und Tatsuno nicht, sein Haus zu betreten. Sein Sohn ging hinein und kam kurz darauf mit zwei Schalen warmem Reis wieder zurück.

Die Portionen sind nicht einmal besonders großzügig, dachte Seikei missbilligend. Doch letzten Endes war er froh, überhaupt etwas in seinen leeren Magen zu bekommen.

Nachdem sie sich wieder auf den Weg gemacht hatten, fragte Seikei: »Warum habt Ihr das getan? Ein gutes Geschäft war das für uns nicht gerade.«

»Du glaubst also, ein voller Bauch ist nicht so viel wert wie ein Pferd?«, fragte Tatsuno zurück.

»Ein Pferd ist mit Sicherheit mehr wert als zwei Schalen Reis!«, rief Seikei.

»Oder auch nicht – jedenfalls nicht, wenn man sehr hungrig ist und keine Möglichkeit hat, das Pferd zu schlachten«, erwiderte Tatsuno. »Außerdem hatte auch das Pferd Hunger und wir konnten es nicht füttern. Wenn es gestorben wäre, wäre das unsere Schuld gewesen. Ich war für das Tier verantwortlich, schließlich habe ich es aus seinem warmen Stall geholt und aus der Stadt herausgebracht. Es hat mich den ganzen Tag auf dem Rücken getragen, ohne sich zu beklagen. Da wäre es doch sehr grausam und undankbar von mir gewesen, es verhungern zu lassen.«

Dem konnte Seikei nur zustimmen.

»Außerdem ist es sehr schwer«, fügte Tatsuno hinzu, »ein Pferd unsichtbar zu machen.«

Mehrere Tage wanderten sie weiter die Straße entlang. Nachts machten sie in Schreinen oder Klöstern halt, und wenn sich gar kein anderes Nachtlager finden ließ, schliefen sie in Höhlen. Als die Straße nach Süden abbog, kamen sie am Biwa-See vorbei, dessen Wasser am Ufer gefroren war.

Seikei hatte den See noch nie zuvor gesehen. Er schien unendlich groß zu sein. »Ich würde gern hierbleiben, bis ich ein Gedicht verfassen kann, das dieses Anblicks würdig ist«, sagte er.

»Das wird kein Gedicht jemals schaffen«, gab Tatsuno zurück. »Hier weilt nämlich ein mächtiger, wunderbarer Kami. Und wie sollte man die Erhabenheit eines Kami – selbst eines kleinen Kami, der nur einem

Stein oder einem Wassertropfen innewohnt – in Worte fassen?«

»Ein Gedicht soll die Dinge ja nicht in ihrer Gänze beschreiben«, sagte Seikei. »Man muss sich nur auf eine kleine Einzelheit konzentrieren, dann kommt der Rest von ganz allein.«

Tatsuno zuckte mit den Schultern. »Dann präg dir jetzt eine Einzelheit ein, das Gedicht kannst du später immer noch schreiben. Komm schon – dein Vater wird sich ohnehin schon wundern, wo wir so lange bleiben.«

»Wahrscheinlich hat er den Fall längst gelöst und den Mörder gefunden«, sagte Seikei. »Aber ich möchte ihm trotzdem von Fürst Inabas Grausamkeit erzählen.«

»Was lässt dich annehmen, dass er den Fall bereits gelöst hat?«, fragte Tatsuno.

»Das denke ich schon, seit wir bei dem alten Papiermacher waren. Er hat doch gesagt, das Papier für den Schmetterling stamme vom O-Miwa-Schrein.«

»Ja, und?«

»Und – der O-Miwa-Schrein liegt in der Provinz Yamato.«

»Das stimmt.«

»Und dorthin sind wir unterwegs, weil wir uns dort mit Richter Ooka treffen sollen.«

»Also denkst du …«

»… dass er die ganze Zeit wusste, wo der Mörder zu finden sein würde. Und dass er jetzt mehrere Tage

Zeit hatte, ihn zu fassen. Bis wir ankommen, ist der Fall bestimmt schon gelöst.«

»Das bezweifle ich«, entgegnete Tatsuno. »Das bezweifle ich stark.«

Er klingt so sicher, dachte Seikei verwundert. Es gäbe nur einen einzigen Grund, weswegen er sich so sicher sein könnte. Aber … aber das ist unmöglich.

Abschied

Sie erreichten Nara von Norden her. Kaum waren sie am Stadtrand angekommen, fiel Seikei ein riesiges Holzgebäude ins Auge, das alle anderen Häuser überragte.

Tatsuno bemerkte seinen Blick. »Das ist die Große Buddha-Halle des Todai-ji-Tempels. Wollen wir einen Blick darauf werfen?«

Obwohl Seikei darauf brannte, seinem Adoptivvater Bericht zu erstatten, war seine Neugier doch größer. Vor dem Tempel zogen er und Tatsuno die Sandalen aus und ließen sie neben mehreren Dutzend anderer Paare auf den Stufen zurück.

In dem riesigen Gebäude war es fast genauso hell wie draußen. Tausende Kerzen in Wandhaltern beleuchteten eine gigantische Buddha-Statue, zu der zahllose Menschen ehrfürchtig hochblickten.

Seikei und Tatsuno schlossen sich den Pilgern an und wurden von der Menge langsam immer näher an die Statue herangeschoben wie Treibholz in einem Fluss. Je näher sie kamen, desto größer erschien ihnen die Statue. Als er schließlich an ihrem Fuße stand, musste Seikei den Kopf weit in den Rücken legen, um bis zu Buddhas Gesicht hochzusehen, und trotzdem erkannte er nicht mehr als dessen Nase.

»Es heißt, ein Dieb habe sich einmal zwei ganze Jahre lang in dem linken Nasenloch versteckt und sei bei Nacht immer rausgekommen, um das aufzuessen, was die Leute als Opfergaben dagelassen hatten«, erzählte Tatsuno.

»Ist das alles, was Euch an solch einem heiligen Ort einfällt?«, fragte Seikei.

»Ich dachte, das wäre eine interessante Geschichte. Ist schließlich kein schlechtes Versteck – und man weiß nie, wann man mal ein gutes Versteck brauchen kann.«

»Braucht Ihr derzeit eins?«

»Nach mir sucht keiner«, sagte Tatsuno.

Vielleicht ist das genau das Problem, dachte Seikei.

Naras Straßen waren voll mit buddhistischen Mönchen und Nonnen sowie Shinto-Priestern.

»Das ist ganz anders als in Edo«, sagte Seikei. »Dort ist jeder zweite Mensch ein Samurai.«

»Hier gibt es eben unzählige Schreine und Tempel«, erklärte Tatsuno. »Und viele davon sind mehrere Hundert Jahre alt. Sie sind das Einzige, was aus der Zeit übrig geblieben ist, als Nara noch Japans Hauptstadt war.«

»Und wo ist der O-Miwa-Schrein?«

»Nicht hier, sondern weiter im Süden, etwa einen Tagesritt entfernt«, sagte Tatsuno.

»Da will ich so schnell wie möglich hin«, sagte Seikei eifrig.

»Weißt du nicht mehr, was der Papiermacher gesagt hat?«, ermahnte ihn Tatsuno. »Er hat gesagt, du sollst dich von dem Schrein fernhalten.«

»Aber wenn der Richter den Fall doch noch nicht gelöst haben sollte, muss ich dahin«, sagte Seikei.

»Dann merk dir wenigstens eins: Geh nicht auf den Berg.«

»Warum?«

»Weil du dort den Mörder findest.«

Seikei musste lachen. »Aber genau das will ich doch.«

Tatsuno schüttelte den Kopf. »Du hältst dich für besonders mutig, aber in Wirklichkeit bist du nur besonders töricht. Es gibt Zeiten im Leben, in denen man angreifen muss, und andere, in denen man seine eigene Haut retten muss.«

»Sterben müssen wir alle mal«, entgegnete Seikei. »Deswegen muss man die Ehre immer über das Leben stellen.«

»Das klingt, wie aus einem Buch auswendig gelernt«, brummte Tatsuno.

»Ist es auch«, gab Seikei zu. »Aber das tut dem Wahrheitsgehalt keinen Abbruch.«

Tatsuno griff in seinen Kimono und holte einen kleinen schwarzen Stein hervor. Seikei sah ihn sich genau an – feine grüne Adern durchzogen die raue Steinoberfläche. »Was ist das?«

»Etwas, was du mitnehmen solltest, wenn du schon so dumm bist, auf den Berg zu gehen«, sagte Tatsuno.

Seikei drehte den enteneigroßen Stein in der Hand. Bis auf die Farbe sah er ganz normal aus.

»Ich weiß nicht wieso, aber ich bin zu dem Schluss gekommen, dass dein Leben es wert ist, gerettet zu werden«, fuhr Tatsuno fort.

»Aber wie soll der Stein mir das Leben retten?«

Statt zu antworten, deutete Tatsuno auf ein großes Haus einige Meter vor ihnen. »Da wohnt der Gouverneur. Dort wartet dein Vater.«

»Endlich!« Seikei eilte auf das Haus zu. Nach wenigen Schritten merkte er, dass Tatsuno ihm nicht folgte, und wirbelte herum.

Tatsuno war verschwunden. Ein paar Mönche in gelben Kutten gingen gerade an der Stelle vorbei, wo die beiden bis eben noch gestanden hatten, murmelten Gebete und rollten ihre Gebetsketten zwischen den Fingern. Ein Bauer lud Melonen aus einem Ochsenkarren. Zwei Jungen rannten mit einem Hund vorbei.

Doch von Tatsuno war weit und breit nichts zu sehen. Seikei steckte den Stein in seinen Kimono und machte sich wieder auf den Weg zum Haus des Gouverneurs.

Zwei Samurai bewachten das Anwesen. Missbilligend musterten sie den Jungen, der auf sie zuhastete. Als Seikei an sich hinunterblickte, wusste er auch warum: Die Lehmböden und schmutzigen Feuerstellen seiner Nachtlager hatten unverkennbare Spuren hinterlassen. Er zupfte sich schnell einen Strohhalm vom Ärmel, ein Andenken an den Kuhstall der vergangenen Nacht.

Dann verbeugte er sich vor den Wachen. »Ich heiße Ooka, Seikei«, stellte er sich förmlich vor. »Ich bin der Sohn von Richter Ooka, Tadesuke, der sich meines Wissens derzeit als Gast hier aufhält.«

Die Wachen wechselten einen Blick. »Wir hatten Befehl, nach dir Ausschau zu halten«, sagte der eine Mann. »Aber dein ... Vielleicht solltest du erst einmal ein Bad nehmen. Die öffentliche Badeanstalt ist gleich um die Ecke.«

»Ich hatte eine aufreibende Reise und gewisse Scherereien«, erklärte Seikei selbstbewusst. »Und ich muss dem Richter so schnell wie möglich Bericht erstatten.«

Die zwei Samurai zuckten mit den Schultern und traten zur Seite, um Seikei durchzulassen. Der eine deutete auf einen Flur. »Sie sind im Garten«, sagte er.

Seikei folgte dem Gang. Von irgendwoher erklang schallendes Gelächter. Es wurde lauter, als er aus einem Bogengang ins Freie trat. Seikei stand in einem Steingarten von überwältigender Schönheit. Zwischen dem geharkten Kieselbelag waren große Steine mit Bedacht und Sorgfalt so arrangiert worden, dass alles möglichst natürlich aussah. Im hinteren Teil des Gartens befand sich ein asymmetrisch geformter Goldfischteich. Daneben saßen unter einem Gingkobaum zwei Männer, die beinahe wie Zwillinge aussahen, und fütterten die Fische.

Der eine erblickte Seikei und bedeutete ihm, näher zu kommen. Es war der Richter, und ein überaus zufriedener Ausdruck lag auf seinem Gesicht.

Der andere Mann muss dann wohl der Gouverneur sein, dachte Seikei. Und zu seiner Verblüffung war dieser noch dicker als Richter Ooka. Die beiden sahen aus, als würden sie diesen wundervollen Ort nie wieder verlassen, sondern sich einfach in Felsbrocken verwandeln und sich damit perfekt in die Landschaftsharmonie einfügen.

»Ichiro, das ist mein Sohn Seikei. Endlich!«, sagte der Richter. »Seikei, das ist der ehrenwerte Gouverneur der Provinz Yamato, mein Freund Kamura Ichiro.«

Der Gouverneur nickte würdevoll und Seikei verbeugte sich.

»Möchtest du etwas trinken?«, bot der Gastgeber an. »Pflaumenwein? Sake? Das wird dich schön aufwärmen.«

Eigentlich hatte Seikei mächtig Hunger und hätte eine Schale Reis und einen heißen Tee vorgezogen, doch es wäre unhöflich gewesen, einen solchen Wunsch zu äußern. Ihm fiel auf, dass die beiden Männer wohl schon einiges getrunken hatten, obwohl es erst früher Nachmittag war.

Doch die Beobachtungsgabe des Richters war dadurch nicht beeinträchtigt. Er hielt Seikei ein Tablett mit Sushiröllchen hin. »Die schmecken köstlich. Wir haben sie nur deswegen noch nicht aufgegessen, weil wir dabei sind, unsere Jugend wieder aufleben zu lassen, und die finden wir nur in Flüssigem.«

Der Gouverneur lächelte. »Dein Vater und ich, wir waren beide Mitglieder der *Sechs Unsterblichen des Weinkelchs*«, erklärte er.

»Nun, wir müssen Seikei ja nicht mit den Einzelheiten langweilen«, sagte der Richter hastig. Und fügte hinzu: »Ich hoffe, Ichiro, ich muss dir nicht erst in Erinnerung rufen, was Seikeis Ankunft bedeutet.«

Der Gouverneur winkte gut gelaunt ab. »Schon gut, Tadesuke, du hast die Wette gewonnen. Ich hätte wissen sollen, dass jemand, den du als Sohn angenommen hast, sich von seinem Weg nicht abbringen lassen würde.«

Seikei hatte sich ohne weitere Umschweife die Sushiröllchen schmecken lassen, wobei er sich zusammenreißen musste, um die Köstlichkeiten nicht zu schnell herunterzuschlingen. Aber dieser Wortwechsel überraschte ihn so sehr, dass er sich ins Gespräch einschaltete. »Soll das heißen, Ihr hattet nicht damit gerechnet, dass ich herkomme? Warum nicht?«

»Nun«, sagte der Gouverneur, »dass dich dein Vater mit einem Ninja als Führer losgeschickt hat …« Er verdrehte die Augen.

»Ich habe Tatsuno angewiesen, auf Seikei aufzupassen, und er wusste genau, dass ich es mit meiner Warnung ernst meine«, sagte Richter Ooka.

Der Gouverneur schüttelte den Kopf. »Trotzdem. Ninja kann man nicht trauen. Die stehlen dir das Kissen unter dem Kopf weg, wenn sie dich im Schlaf erwischen.«

»Er hat mir das Leben gerettet«, sagte Seikei.

Der Statthalter von Nara war so verblüfft, dass er beinahe seinen Wein verschüttet hätte. »Das musst du falsch verstanden haben. Wartet er draußen auf eine Belohnung?«

»Nein, er ist verschwunden«, berichtete Seikei.

»Wieder so ein Trick von denen«, murmelte der Gouverneur.

Seikei drehte sich zu seinem Adoptivvater um. »Da fällt mir etwas ein. Während unserer Reise hat Tatsuno bewiesen, dass er aus so ziemlich jeder Gefahrensituation entkommen kann. Wie ist es Euch gelungen, ihn damals in Edo zu fassen?«

Der Richter lächelte. »Ich habe eben auch so meine kleinen Tricks. Ich habe dich durch die Gasse hinter ihm herlaufen lassen, weil ich wusste, dass er nicht damit rechnen würde, dass ich am anderen Ausgang auf ihn warte.«

»Ja, nur so kann man einen Ninja fassen: Man muss ihn überrumpeln!«, bestätigte der Gouverneur zufrieden.

»Und, bist du jetzt bereit dazu?«, fragte der Richter seinen Sohn.

»Wozu?«

»Einen weiteren Ninja zu fassen.«

Seikei war die Verblüffung wohl anzusehen, denn der Gouverneur erklärte: »Aus diesem Grund veranstalten dein Vater und ich dieses freudige Wiedersehen. Er kam hierher, sobald ihm klar wurde, dass der Ninja, der Fürst Inaba getötet hat, im O-Miwa-Schrein zu finden sein würde.«

»Also habt Ihr es tatsächlich die ganze Zeit gewusst!«, rief Seikei.

»Ja«, erwiderte der Richter. »Und wie dir sicher klar geworden ist, wusste Tatsuno das auch.«

»Aber … aber warum habt Ihr mich dann zu dem Papiermacher nach Shinano geschickt? Und in Fürst Inabas Reich?«

»Nun, was den Papiermacher betrifft: Es kann nie schaden, Beweise für seine Vermutungen zu sammeln. Auch ich kann mich mal irren, weißt du.«

»Das bezweifle ich«, widersprach Seikei.

»Also hat der Papiermacher meine Annahme tatsächlich bestätigt?«

»Ja, er hat gesagt, das Papier sei für den O-Miwa-Schrein hergestellt worden. Und dass ich auf keinen Fall dorthin gehen solle.«

»Ein guter Rat«, bemerkte der Gouverneur.

»Ich hatte jedoch noch andere Gründe, dich auf diese Reise zu schicken«, fuhr der Richter fort. »Ich wollte, dass du mehr über die Ninja erfährst. Hast du Tatsuno immer aufmerksam beobachtet?«

»Ja«, antwortete Seikei.

»Und, was hast du gelernt?«

»Dass er eine Menge mehr Fähigkeiten besitzt, als es zunächst den Anschein hatte.«

»Eine sehr wertvolle Lektion«, sagte der Richter. »Du hast gesagt, er habe dir das Leben gerettet. Ich hoffe, du hast ihm gesagt, dass du ihm dankbar bist.«

»Ja, ich habe ihm gedankt.«

»Hat er dir von dem Fuchs erzählt?«

»Er hat nur gesagt, der Mörder sei ein Ninja, der sich Fuchs nennt. Aber ich ...« Seikei zögerte.

»Ja?«

»Ich habe mir überlegt, ob nicht Tatsuno selbst der Mörder gewesen sein könnte.«

Der Richter dachte einige Augenblicke nach. »Nein«, sagte er dann. »Ich glaube, zu dem Zeitpunkt, als wir Tatsuno trafen, war der Mörder längst zum O-Miwa-Schrein gereist.«

Seikei war verdutzt. Er stellte die Vermutungen seines Adoptivvaters nur selten infrage, aber diesmal konnte er die Gedankengänge des Richters überhaupt nicht mehr nachvollziehen.

»Aber wenn Ihr längst wusstet, wer der Mörder ist«, fragte er, »wieso habt Ihr uns dann noch losgeschickt, um herauszufinden, ob Fürst Inaba Feinde hatte?«

»Habe ich dir das nicht schon erklärt?«, fragte der Richter erstaunt. »Hm, ich dachte wohl, das sei offensichtlich.«

»Das kann ja sogar ich verstehen«, mischte sich der Gouverneur ein.

»Der wahre Mörder«, erklärte Richter Ooka, »ist derjenige, der den Ninja bezahlt hat, damit er Fürst Inaba tötet. Diesen Menschen müssen wir finden.«

»Aber der Ninja …«

»Der Ninja hat nur einen Auftrag ausgeführt«, schnitt der Richter ihm das Wort ab. »Das wäre genauso, als hätten wir die Klinge gefunden, mit der Fürst Inaba die Kehle durchschnitten wurde, und würden behaupten, das sei der Mörder.«

Seikei setzte sich auf eine Matte und versuchte, seine Gedanken zu ordnen.

»Deswegen«, fuhr der Richter fort, »habe ich dich losgeschickt, um herauszufinden, wer Fürst Inaba so gehasst haben könnte, dass er einen Ninja als Mörder anheuert. Hast du so jemanden aufgespürt? Jemanden, der einen Grund haben könnte, den Fürsten tot sehen zu wollen?«

Seikei blickte seinem Adoptivvater in die Augen. »Ja. Es gibt viele Menschen, auf die das zutrifft. Mich eingeschlossen.«

»Mehr Wein!«, rief der Gouverneur einem Diener zu.

Im Schrein

Mittlerweile war es später Nachmittag. Seikei hatte stundenlang erzählt. Er hatte nichts ausgelassen und sogar zugegeben, Fürst Inaba in seiner Dummheit verraten zu haben, dass niemand wusste, wo er war. Der Gouverneur und Richter Ooka hatten gespannt zugehört und nur selten etwas eingeworfen.

Der Gouverneur schüttelte missbilligend den Kopf, als Seikei erzählte, wie er sich die Beschwerden der Bauern angehört hatte. »Es ist ihre Pflicht, ihrem Herrn zu gehorchen«, sagte er, »auch wenn ihnen seine Amtshandlungen hart erscheinen mögen. Er könnte Beweggründe haben, von denen sie nichts wissen.«

Bevor Seikei etwas entgegnen konnte, ging der Richter dazwischen: »Aber es ist auch die Pflicht des Fürsten, sein Volk zu beschützen und zu erhalten. Was soll man tun, wenn er darin versagt? Es hat schon oft Fälle gegeben, in denen die Bauern sich zu kleinen Armeen zusammengetan und gegen die Samurai gekämpft haben. Dagegen finde ich die Idee eines Hilfegesuchs sogar sehr vernünftig.«

»Das eine führt immer zum anderen«, grummelte der Gouverneur.

Doch als Seikei erzählte, wie Fürst Inaba ihn in den Kerker geworfen hatte, schrie er vor Empörung auf. Und sein Zorn verwandelte sich in Gelächter und Applaus, als Seikei von seiner Flucht berichtete. Der Richter trug seine Gemütslage weniger deutlich zur Schau, doch Seikei sah ihm an, dass Fürst Inaba irgendwann dafür würde bezahlen müssen, wie er den Sohn des Richters behandelt hatte.

Aber Seikei wollte mehr als das. Nachdem er mit seiner Geschichte fertig war, sagte er: »Ich nehme an, Doktor Genko und die anderen aus seinem Dorf sind jetzt tot.« Er sah zwischen den beiden Männern hin und her und hoffte, sie würden widersprechen. Doch der Gouverneur nickte langsam. »Höchstwahrscheinlich. Aber der eine oder andere könnte auch entkommen sein, wenn die Samurai ihre Aufgabe nicht gründlich genug ausgeführt haben.«

»Dafür muss Fürst Inaba doch bestraft werden!«, rief Seikei.

Der Gouverneur blickte wortlos zur Seite.

»Ich fürchte, niemand kann ihn dafür bestrafen«, sagte Richter Ooka sanft. »Es ist sein gutes Recht, in seiner Provinz so zu herrschen, wie er wünscht.«

»Aber … aber das ist doch ungerecht«, stammelte Seikei.

»So lautet nun einmal das Gesetz des Shoguns«, erklärte der Richter.

Seikei versank in mutloses Schweigen und bereute auf einmal alles, was er getan hatte.

»Jedenfalls hast du die Aufgabe erfüllt, die dein Vater dir aufgetragen hat«, sagte der Gouverneur nach einer Weile. »Darauf kannst du stolz sein.«

»Was meint Ihr damit?«

»Nun, diese Bauern – oder zumindest einige von ihnen – hatten doch zweifellos den Ninja angeheuert, der den alten Fürsten Inaba getötet hat, nicht wahr? Also wurden sie statt für dieses Verbrechen eben für ein anderes bestraft. Was spielt das schon für eine Rolle?«

»Nein, sie können den Ninja nicht angeheuert haben«, widersprach Seikei. »Dazu waren sie zu arm. Genau wie alle anderen Menschen, die in Fürst Inabas Herrschaftsgebiet leben.«

»Und was ist mit dem Arzt, den du erwähnt hast? Der könnte doch in all den Jahren etwas beiseitegelegt haben.«

Seikei schüttelte den Kopf. Am liebsten wäre er mit einer Ausrede aus dem Raum geschlichen, um sich das unsinnige Gerede des Gouverneurs nicht mehr anhören zu müssen.

Da ergriff der Richter das Wort. »Du hast eben gesagt, du selbst seist ein Feind von Fürst Inaba.«

Seikei sah ihn an. »Ja. Haltet Ihr das für falsch?«

»Nein«, antwortete der Richter. »Aber ich fürchte, in deinem Zorn hast du vielleicht deinen Pfad aus den Augen verloren.«

Seikei blinzelte. Der Richter würde so etwas niemals leichthin sagen, also musste Seikei irgendetwas entgangen sein. Ja, er war zornig auf Fürst Inaba. Er lechzte nach Rache, und es stimmte auch, dass Rachegelüste den gesunden Menschenverstand vernebeln konnten. Ich muss mich beruhigen und nachdenken, sagte sich Seikei.

»Du hast deine Aufgabe gut erfüllt«, sagte der Richter. »Nun gönn dir ein Bad und einen erholsamen Schlaf. Und vergiss nicht, dass du mir durch deine Reise geholfen hast, eine Wette gegen den Gouverneur zu gewinnen.«

»Ach, nun fang nicht schon wieder damit an«, stöhnte der Gouverneur.

»Aber sicher doch«, gab der Richter zurück. »Es ist nun sonnenklar, dass der Pfad uns zum O-Miwa-Schrein führen wird. Und du hast mir versprochen, uns die Erlaubnis zu geben, auf den Berg zu steigen, wenn Seikei heil hier ankommt.«

»Diese Priester …«, protestierte der Gouverneur. »Du weißt doch, dass sie keine Fremden auf ihrem Berg haben wollen. Sie werden sich bei mir beklagen und Beschwerdebriefe an den Shogun senden.«

»Sie haben bereits einen Fremden auf ihrem Berg«, sagte Richter Ooka. »Und den müssen wir finden. Einen Mörder werden sie sicher nicht schützen.«

»Doch, das werden sie, wenn er ein Ninja ist«, murmelte der Gouverneur.

Am nächsten Morgen ging es Seikei schon bedeutend besser. Er hatte lange geschlafen und danach ein Frühstück serviert bekommen, das beinahe so gut war wie in Richter Ookas Haus. Jemand hatte seinen Kimono weggebracht und ihm stattdessen einen schönen, frischen hingelegt, der das Wappen des Gouverneurs trug. Daneben lagen die Dinge, die sich in seinem alten Kimono befunden hatten – ein paar Münzen, Doktor Genkos zerbrochene Sehhilfe, der schwarzgrüne Stein, den Tatsuno Seikei gegeben hatte, und das Schreibset.

Seikei versetzte es einen Stich ins Herz, als er den verbogenen Draht und die zersplitterten Scheiben sah, und wieder einmal bekräftigte er seinen Schwur, diejenigen zu rächen, die ihm ihr Vertrauen geschenkt hatten. Er hob den Stein auf und schloss die Hand darum. Wieso hatte Tatsuno ihm den gegeben? Der Stein fühlte sich merkwürdig warm an, als sei darin etwas Lebendiges verborgen. Es hieß zwar, jeder Teil der Natur beherberge einen Kami, doch dieser Kami schien besonders aktiv zu sein. Seikei ließ den Stein in seinen neuen Kimono gleiten.

Sein Blick fiel auf das Schreibset. Nur ein einziges Papierröllchen war noch übrig, und Seikei nahm sich vor, darauf ein Gedicht zu verfassen, das des Geschenks würdig wäre. Doch das musste noch warten.

Gerade als Seikei mit dem Frühstück fertig war, tauchte der Gouverneur auf. Und was er in den Händen hielt, verschlug Seikei den Atem: zwei Schwerter.

Richtige Stahlschwerter. Am Tag zuvor war kein weiteres Wort darüber gefallen, dass das alte Holzschwert im Palast von Fürst Inaba verloren gegangen war. Der Verlust war zwar unehrenhaft, aber dadurch zu entschuldigen, dass Seikei sich verteidigt hatte, bis er bewusstlos geschlagen worden war.

Als der Gouverneur ihm die beiden Waffen überreichte, verbeugte sich Seikei tief und dankte ihm.

»Du bist ihrer würdig«, sagte der Mann. »Ich hoffe, du behältst sie ... lange.«

»Ich werde sie für immer behalten«, versprach Seikei voller Stolz.

Während der Gouverneur sich von Richter Ooka und seinem Sohn verabschiedete, wirkte er etwas abwesend. »Es ist besser, wenn ich euch nicht begleite«, sagte er. »Das verstehst du sicher, Tadesuke.«

»Wir kommen bald wieder«, sagte Richter Ooka.

Der Gouverneur hatte Seikei ein edles Pferd besorgt, während der Richter sich weiterhin auf die treue Stute verließ, die es gewohnt war, sein Gewicht zu tragen. »Es war sehr großzügig von dem Gouverneur, mir die Schwerter zu schenken«, sagte Seikei.

»Sie haben einst mir gehört«, erzählte der Richter.

»Wirklich? Dann fühle ich mich doppelt geehrt.«

»Er hat sie vor langer Zeit von mir bekommen, als Wetteinsatz«, sagte Richter Ooka.

»Und jetzt habt Ihr sie zurückgewonnen?«

»Nein, er hat sie dir aus reiner Sentimentalität geschenkt. Er denkt, du wirst ums Leben kommen.«

Seikei war zunächst so schockiert, dass er nicht antworten konnte. Doch dann räusperte er sich und fragte vorsichtig: »Warum denkt er das?«

»Er glaubt, dass uns auf diesem Berg der Tod erwartet. Dadurch, dass du meinen Auftrag ausgeführt hast, habe ich unsere Wette gewonnen. Wir haben seine Erlaubnis, auf den Miwayama zu steigen, den Berg des O-Miwa-Schreines.«

»Ja, um den Ninja zu fassen, der Fürst Inaba getötet hat«, sagte Seikei.

»Oh nein, den könnten wir dort niemals fassen. Dort ist er viel zu mächtig.«

»Aber Ihr habt Tatsuno doch schon mal gefasst.«

»Du bist dir zu sicher, dass dieser Ninja und Tatsuno ein und dieselbe Person sind«, wandte der Richter ein. »Aber selbst wenn das der Fall sein sollte – der Ninja bezieht zusätzliche Kräfte aus dem Berg.«

»Wie das?«

»Hat Tatsuno dir das nicht erzählt? Dies ist ein heiliger Berg. Anders als andere Schreine verfügt dieser über keinen Wohnsitz für seinen Schutz-Kami. Er wohnt dem Berg selbst inne.«

»Doch, stimmt, das hat er mir erzählt«, sagte Seikei. »Jetzt erinnere ich mich wieder.« Tatsuno hatte ihm auch erklärt, dass die Ninja den Naturgeistern besonders nahestanden. Nun wünschte sich Seikei, er hätte besser aufgepasst.

»Du wirst es bald verstehen, wenn wir im Schrein sind«, sagte der Richter.

Selbst zu Pferde brauchten sie fast den ganzen Tag, um ihr Ziel zu erreichen.

Als sie schließlich ankamen, waren die Priester gerade dabei, sich auf die Neujahrsfeierlichkeiten vorzubereiten. An Fahnenstangen flatterten Banner, die die Toshikami willkommen heißen sollten, die göttlichen Geister des beginnenden Jahres. Ein Simenawa, ein heiliges Seil, hing quer über dem Torii, das den Eingang zum Schrein bildete. Daran baumelten kleine Papierkunstwerke, die Seikei sofort wiedererkannte: Schmetterlinge.

Aus allen benachbarten Dörfern strömten die Menschen in ihren besten Kimonos herbei, um den Kami Geschenke in Form von Nahrung und Getränken darzubieten. Danach würden sie noch dableiben, um eine ganze Woche lang die Tänze, Theaterstücke und festlichen Zeremonien zu genießen, die zur Neujahrsfeier gehörten.

Der Schrein selbst kam Seikei ziemlich klein vor. In mehreren Häuschen aßen und schliefen Priester und Reisende. Aber das Hauptgebäude selbst sah aus, als wäre es auf seltsame Weise unvollständig, als sei es irgendwie abgeschnitten worden – es gab zwar einen Altar, vor dem die Pilger beten und ihre Opfergaben ablegen konnten, aber dort, wo der heiligste Ort hätte sein sollen, war dieser Schrein plötzlich zu Ende. Hier war der Fuß des Berges, und hier gab es nur noch ein einzelnes Simenawa-Seil, das zwischen zwei Holzpflöcken gespannt war.

Dahinter erstreckte sich eine Waldlandschaft – dunkle Kiefern, die nach oben hin immer dichter zusammenwuchsen. Graugrüner Nebel waberte vom Gipfel her, den man vom Schrein aus nicht sehen konnte. Besonders hoch war der kegelförmige Berg nicht und doch erschauerte Seikei bei seinem Anblick. Er hatte etwas Furchteinflößendes an sich, etwas, was die Leute davor warnte hochzusteigen.

Ein junger Priester nahm Seikei und den Richter in Empfang, nachdem sie ihre Pferde untergebracht hatten. Er trug eine hohe schwarze, pilzförmige Haube und einen langen braunen Kimono, dessen Ärmel so gefüllt waren, dass sie ihm beinahe bis zu den Knien reichten. »Der Gouverneur hat uns gestern durch einen Boten mitgeteilt, dass Ihr kommen würdet«, sagte der Priester. »Es tut mir leid, dass wir Euch nicht standesgemäß empfangen können – die Vorbereitung der Feierlichkeiten nehmen einen großen Teil unserer Zeit in Anspruch.«

»Das verstehen wir nur zu gut«, erwiderte der Richter. »Eigentlich brauchen wir nur einen Platz für die Nacht, bevor wir morgen auf den Berg steigen.«

Der Geistliche schüttelte den Kopf. »Es ist verboten, den Berg jenseits des Schreins zu betreten.«

»Und trotzdem gibt es Menschen, die dort hinausgehen«, gab Richter Ooka zurück. »Ich glaube sogar, dass jemand in diesem Augenblick dort oben ist.«

»Wenn das so sein sollte«, sagte der Priester ausweichend, »dann muss er die Erlaubnis vom Kannushi, dem Vorsteher des Schreins, persönlich bekommen haben.«

»Dann müssen wir ebenfalls seine Erlaubnis einholen«, sagte der Richter.

Die Worte des Kannushi

Zwei Tage mussten sie warten, bis sie zum Kannushi durften. Seikei wunderte sich, dass die Priester es wagten, einen Abgesandten des Shoguns so respektlos zu behandeln. Hätte der Richter es gewollt, hätte er den Gouverneur bitten können, einige Samurai zu entsenden, die die Wünsche des Richters mit Gewalt durchsetzten.

Seikei verstand seinen Adoptivvater nicht. Er benahm sich, als sei er hierhergekommen, um an den Neujahrsfeierlichkeiten teilzunehmen. Sie verbrachten ihre Zeit zusammen mit den Dorfbewohnern. Sie sahen sich die Tanz- und Schauspielaufführungen an, und der Richter bediente sich genau wie alle anderen von den klebrigen kleinen Reispasteten, die Moshimoshi genannt wurden. Er reihte sich sogar in die Schlange derer ein, die einmal eigenhändig das Klopfholz schwingen wollten, mit dem der Reis zerstoßen wurde, bevor man daraus Moshi-moshi machte.

Die kleinen Pastetchen erinnerten Seikei an seine Kindheit. Während der Neujahrsfeiern hatte selbst sein Vater sich entspannter gegeben. Einmal hatte er sogar – Seikei sah ihn noch genau vor sich – vor dem örtlichen Schrein in aller Öffentlichkeit getanzt.

Doch das war lange her. Jetzt hatte er ernsthafte Aufgaben zu erfüllen. Nach der langen Reise, die ihn schließlich hierhergeführt hatte, brannte er darauf, den Fall endlich abzuschließen. Denn bevor derjenige, der den Mord an Fürst Inaba in Auftrag gegeben hatte, nicht gefasst war, konnten er und der Richter nicht nach Edo zurückkehren. Und jetzt, wo er wusste, dass sich der Mörder irgendwo da oben auf dem Berg hinter dem Schrein versteckte, fand Seikei das untätige Warten beinahe unerträglich.

»Was, wenn er uns entkommt?«, fragte er den Richter am zweiten Morgen.

»Wer? Ach, der Ninja? Nein, er würde den Berg niemals verlassen, solange wir hier sind. Ich habe es dir doch gesagt – der Berg ist seine Kraftquelle.«

»Meint Ihr, er ist so mächtig, dass wir ihn nicht besiegen können?«

»Ich denke, das versucht der Kannushi gerade zu entscheiden«, erwiderte Richter Ooka.

»Und was wollt Ihr tun, wenn er entscheidet, uns nicht auf den Berg zu lassen?«, fragte Seikei weiter.

»Lass uns doch erst mal abwarten, was er sagt.«

Am nächsten Morgen schließlich bekamen sie eine erste Antwort. »Ihr habt die Ehre, den Kannushi nach dem Morgengebet aufsuchen zu dürfen«, sagten die jungen Priester.

»Danke«, sagte der Richter. Und nachdem die Priester gegangen waren, wandte er sich an Seikei. »Offensichtlich hat der Kannushi seine Entscheidung gefällt.«

»Und was denkt Ihr, wie die aussieht?«

»Auf jeden Fall wird es eine weise Entscheidung sein«, antwortete Richter Ooka. »Der Schrein hätte nicht so lange überleben können, wenn seine Kannushi keine weisen Entscheidungen getroffen hätten.«

Nach den Gebeten blieben der Richter und Seikei in der Gebetshalle des Schreins, während alle anderen den Raum verließen. Ein junger Priester führte sie schließlich in ein kleines Zimmer, das seitlich von der Halle abging.

Ein alter Mann saß dort auf einer Matte mit einer Schale Tee vor sich. Er war genauso gekleidet wie alle anderen Priester, nur dass sein Gewand so aussah, als trage er es schon seit vielen Jahren. Je näher Seikei ihm kam, desto älter erschien ihm der Mann. Seine Haut war dünn und trocken wie ein altes, rissiges Blatt Papier. Er hatte einen kahl rasierten Schädel und sein Gesicht war so ausgezehrt, dass Seikei den Eindruck hatte, der Priester habe seit Jahren nichts mehr gegessen.

Richter Ooka und Seikei nahmen gegenüber von ihm Platz und der Kannushi hob den Blick. Aus seinem Körper mochte die Lebenskraft längst gewichen sein, doch seine Augen funkelten immer noch hellwach und lebendig wie zwei letzte glühende Kohlen in einem beinahe erloschenen Feuer – die einen dennoch verbrennen konnten, wenn man sie berührte, wie Seikei feststellen musste.

Nach einem kurzen Blick auf den Richter konzentrierte der Kannushi seine Aufmerksamkeit auf Seikei und seine Augen schienen sich bis auf den Grund seiner Seele zu bohren.

»Warum seid Ihr hergekommen?« Die Stimme des Kannushi war schrill und spitz wie das Zirpen einer Heuschrecke. Überraschenderweise hatte er die Frage an Seikei gerichtet. Der sah seinen Adoptivvater an.

»Ich bin Ooka, Abgesandter des Shoguns«, stellte sich der Richter vor. »Wir sind auf der Suche nach dem Ninja, der Fürst Inaba getötet hat, während dieser sich in Edo und damit unter dem Schutz des Shoguns befand.«

»Und was lässt Euch annehmen, der Ninja würde sich hier aufhalten?«

»Er hat einen roten Schmetterling am Tatort gelassen, dessen Papier an Euren Schrein verkauft worden war. Und es ist allgemein bekannt, dass die Ninja den Miwayama als ihren Schutzort betrachten.«

»Mit gutem Grund«, sagte der Kannushi. »Der Kami des Berges ist ihr Schutzgeist.«

»Und Ihr erlaubt ihnen, den heiligsten Ort des Schreins zu betreten.«

Der Kannushi nickte. »Die Ninja opfern großzügig und der Kami nimmt ihre Opfer an.«

»Wenn der Kami die Ninja akzeptiert«, sagte der Richter, »dann wird er auch uns akzeptieren.«

»Ihr seid Samurai«, entgegnete der Kannushi. »Ihr habt Eure Schwerter dabei. Es darf auf dem Berg keinen Tod geben. Das kann der Kami nicht zulassen.«

»Auch dieser Ninja hat anderswo getötet«, sagte der Richter, »und er durfte dennoch hierher zurückkommen.«

»Er hatte sich gereinigt«, sagte der Kannushi. Und endlich verstand Seikei, warum der Ninja den roten Schmetterling neben Fürst Inabas Leiche zurückgelassen hatte. Das war seine *eigene* Reinigung gewesen. Er hatte die bösen Kami des Todes verscheuchen müssen, um auf den Berg zurückkehren zu können.

Der Kannushi wandte den Blick erneut Seikei zu. »Ihr habt meine Frage noch nicht beantwortet«, sagte er.

Peinlich berührt versuchte Seikei sich auf die Frage zu besinnen. »Ich ... ich bin hierhergekommen, weil ich möchte, dass Gerechtigkeit geschieht«, sagte er. »Und weil der Pfad, den mein Vater für mich ausgesucht hat, mich an diesen Ort geführt hat.«

Falten erschienen in den Augenwinkeln des Kannushi, als wolle er lächeln, habe aber vergessen, wie das ging. »Ihr habt etwas mitgebracht«, sagte er. »Zeigt es mir.«

Seikei dachte, er meine den Schmetterling. Würde der Richter nun zornig werden, wenn er erfuhr, dass Seikei ihn nicht mehr hatte?

»Ich habe den Schmetterling nicht mehr«, gestand Seikei. »Er wurde benötigt, um einen anderen Ort zu reinigen, den der Tod heimgesucht hatte.«

»Ihr habt mich falsch verstanden«, beharrte der Kannushi. »Zeigt mir alles, was in Eurem Gewand steckt.«

Seikei holte das Schreibset, die Münzen, Doktor Genkos verbogenen Drahtrahmen und den Stein hervor, den Tatsuno ihm gegeben hatte. Der Stein fühlte sich jetzt noch wärmer an als zuvor.

Ihn hatte Kannushi gemeint. Seine Augen leuchteten ehrfürchtig auf, als Seikei ihm den Stein hinhielt. »Wo habt Ihr den her?«

»Jemand hat ihn mir gegeben«, antwortete Seikei leise.

»Dann habt Ihr einen großzügigen Freund«, sagte der Kannushi. »Dies ist ein Gofu, ein sehr mächtiger Stein, der Euch beschützt, wenn Euer Herz rein ist.« Er sah zum Richter hin. »Hat er ein reines Herz?«

»Ja, ich glaube schon.«

Der Kannushi sah wieder Seikei an. »Ihr dürft auf den Berg«, entschied er. Und dann fügte er hinzu: »Allein.«

»Du musst das nicht tun«, sagte der Richter auf dem Weg zum Simenawa-Seil am Fuße des Berges. »Ich bin mir gar nicht sicher, ob ich dir erlauben sollte, da hochzugehen. Ich habe keinerlei Möglichkeit, dich dort zu beschützen.«

Seikei drehte sich zu ihm um. »Vater«, sagte er, »beim ersten Mal, als Ihr mich angewiesen habt, einem Pfad zu folgen, habt Ihr mir Bunzo als Aufpasser geschickt. Beim zweiten Mal wart Ihr es selbst, der mir das Leben gerettet hat. Und selbst diesmal, auf der Reise, auf die Ihr mich geschickt habt, habt Ihr Tatsuno vorher das Versprechen abgenommen, auf mich achtzugeben.«

Seikei holte tief Luft. »Aber ich möchte würdig sein, Euer Sohn, der Sohn eines Samurai zu sein«, fuhr er fort. »Und das kann ich nur, indem ich mich der Gefahr stelle, indem ich bereit bin, mein Leben zu geben, wenn es sein muss. Das kann ich nicht, wenn Ihr immer zur Stelle seid, um mich zu beschützen. So spielen nur kleine Jungs Krieg – sie tun, als ob. Und wie Basho einmal schrieb: *Ich bin ein Wanderer, der die Möglichkeit, unterwegs zu sterben, hinnimmt als Bestimmung des Himmels.«*

Der Richter lächelte. »Immer wenn ich mich auf eine Reise vorbereite, muss ich an Bashos Worte denken. Aber ich bin viel älter als du.« Er seufzte. »Ich fürchte, ich habe eine zu gute Wahl getroffen, als ich den Shogun um die Erlaubnis bat, dich als Sohn aufzunehmen.«

Seikei klopfte das Herz bis zum Hals. Bereute der Richter etwa, dies getan zu haben? »Was meint Ihr damit, eine zu gute Wahl?«

»Ich dachte, ich würde mit dir einen Sohn bekommen, der darüber wacht, dass die geforderte neunundvierzigtägige Trauerzeit eingehalten wird und alle Zeremonien richtig ablaufen, wenn ich einmal gestorben bin. Aber stattdessen habe ich nun einen Sohn, der bereit ist, sein eigenes Leben zu geben, wenn die Ehre es gebietet.«

»Vater, ich verspreche Euch, dass ich mein Bestes geben werde, um heil wieder zurückzukehren und eines Tages die Gebete für Eure Seele zu sprechen«, sagte Seikei.

Der Richter nickte lächelnd. »Es wäre wohl sinnlos, dir verbieten zu wollen, dass du auf den Berg gehst. Hast du den Stein von Tatsuno bekommen?«

»Ja.«

»Hat er dir einen Grund genannt?«

»Nein«, antwortete Seikei. »Er hat nur gesagt, er habe entschieden, mein Leben sei es wert, gerettet zu werden.«

Wieder lächelte der Richter. »Wie ich sehe, war es doch richtig von mir, Tatsuno zu vertrauen. Denk nur immer daran: Du musst den Ninja weder fassen noch töten. Du sollst nur herausfinden, wer ihn beauftragt hat, Fürst Inaba umzubringen.«

»Ich werde Euch nicht enttäuschen«, versprach ihm Seikei.

Sie waren mittlerweile an der Stelle angekommen, wo das Simenawa-Seil zwischen den zwei Holzpflöcken hing und die Welt der Menschen von der Welt der Kami trennte. Rote Papierschmetterlinge waren an das Seil gebunden, sie flatterten und schlugen die

Flügel so heftig im Wind, als versuchten sie, sich zu befreien. Einer der Bindfäden hing leer herunter, und Seikei wusste, hier hatte der Schmetterling gehangen, der später in Fürst Inabas Zimmer gefunden worden war.

Der junge Priester, der Seikei und seinen Vater hierher begleitet hatte, hielt Seikei einen Eimer Wasser und eine Schöpfkelle hin. »Ihr müsst Euch reinigen«, erklärte er.

Seikei kannte das Ritual bereits aus anderen Shinto-Schreinen. Er nahm einen Schluck von dem Wasser, das süß-salzig schmeckte, spülte damit seinen Mund aus und spuckte es dann auf den Boden. Schließlich wusch er sich die Hände.

»Ich bin bereit«, sagte er.

Das Gesicht des Richters war angespannt. So hatte Seikei seinen Vater noch nie erlebt. Aber er ließ sich in seiner Entscheidung nicht beirren. Er hob das Seil an und schlüpfte darunter hindurch auf die andere Seite.

Auf dem Miwayama

Schon nach wenigen Schritten stand Seikei am Rand des dichten Hains. Er warf einen letzten Blick auf den Richter – dann schloss sich der Wald hinter ihm, und er war allein.

Es war mühselig, den Berg hochzukommen. Da selten jemand einen Fuß hierhersetzte, gab es natürlich keinen Weg. Der Anstieg war steil und der Schnee verdeckte Zweige, Baumstämme, Steine und sonstige Stolperfallen. Seikei hatte zwar seine Tabi-Strümpfe und ein neues Paar Sandalen angezogen, versank aber bis über die Knöchel im Schnee. Schon nach kurzer Zeit waren die Tabi vollkommen durchnässt und begannen in der Kälte steifzufrieren.

Seikei blieb stehen. Er keuchte und sein Atem bildete Dampfwölkchen in der Luft. Wie sollte er den Ninja bloß finden? Irgendwie hatte er damit gerechnet, dass der Mörder sich schon zeigen würde, sobald Seikei sein Territorium betrat.

»Hai!«, rief Seikei. »Ninja! Tatsuno!« Immer noch hatte er den Verdacht, Tatsuno könnte der Mörder gewesen sein, auch wenn der Richter anderer Meinung war.

Keine Antwort.

Der Berg blieb stumm, obwohl Seikei ganz genau wusste, dass es hier viele Lebewesen gab.

Er griff in seinen Kimono nach dem schwarzgrünen Stein. Er war noch warm, und als Seikeis Finger sich darum schlossen, breitete sich die Wärme in seinem ganzen Körper aus. Der Kami des Steines wollte ihm offenbar helfen.

Seikei beschloss, dass es an der Zeit war, den Kami des Berges zu rufen.

Jedes Kind in Japan wusste, wie man so etwas machte. Beim Durchschreiten des Torii eines Schreins musste man nur in die Hände klatschen. Das tat Seikei nun und zwar so laut er nur konnte.

»Kami!«, schrie er dazu. »Ich rufe dich an, du Geist dieses Berges! Zeig mir den Ninja! Ich muss mit ihm sprechen. Ich verspreche, deinen heiligen Ort nicht zu beschmutzen. Zeige dich! Gib mir eine Antwort!« Immer wieder drehte er sich nach allen Seiten. »Kami! Hör mich an!«

Am Himmel wanderte die Sonne ein Stück weiter und ein Lichtstrahl fiel durch einen Spalt in den Baumkronen. Seikei sah in die Richtung, wo der Strahl den Boden berührte.

Dort stand ein Reh. Offenbar war es auf Futtersuche. Unter der Schneedecke gab es hier und da noch Grasbüschel auszugraben. Jetzt stand das Tier ganz still da und sah Seikei an. Seikei bewegte die Arme, doch das Reh rührte sich nicht.

Es war eine Ricke, ein zierliches, sanft wirkendes Tier. Aber sein starrer Blick machte Seikei langsam nervös.

»Hai!«, rief er und klatschte wieder in die Hände.

Doch das Tier sah ihn weiterhin unbeeindruckt an. Seikei ging ein paar Schritte auf das Reh zu und es begann mit den Vorderhufen im Schnee zu scharren. Schließlich drehte es ohne Hast den Kopf herum und stapfte langsam davon.

Seikei ging zu der Stelle, an der es gestanden hatte. Im Schnee waren Abdrücke zu sehen – die von dem Reh natürlich, aber auch andere. Seikei bückte sich, um sie von Nahem zu betrachten.

Es waren Fuchsspuren. Seikei erinnerte sich an die Abdrücke, die er dort gesehen hatte, wo der Mörder aus Fürst Inabas Palast entkommen war. Und an die Träume der Wachen. Ein Schauer durchlief ihn. Einen Menschen, selbst einen Ninja, zu jagen war eins – aber einen Mann, der manchmal ein Fuchs war …

Die Spur führte den Berg hinauf, und Seikei folgte ihr. Das war nicht leicht, denn an lichten Stellen hatte die Sonne den Schnee weggeschmolzen und die Abdrücke waren verwischt. Seikei musste jedes Mal das ganze Umfeld absuchen, bis er die Stelle fand, an der die Spur weiterging.

Immer wieder hielt er inne und sah sich um. Eine Geschichte fiel ihm ein, die seine Mutter ihm einmal erzählt hatte, von einem Jäger, der einer Bärenspur gefolgt und direkt ins Maul des Bären gelaufen war.

Sicher, das war nur eine Geschichte, aber Seikei war klar, dass die Spur irgendwo aufhören würde, und er wollte vorbereitet sein, wenn er diese Stelle erreichte.

Der Weg war länger, als er erwartet hatte. Die Spur führte nicht geradewegs den Berg hoch, sondern wand sich hin und her, als habe der Fuchs verhindern wollen, dass er verfolgt wurde. Zweimal lief die Fährte sogar wieder zurück und kreuzte den eigenen Pfad, und Seikei hatte Mühe, die älteren Abdrücke von den neuen zu unterscheiden.

Schließlich erblickte Seikei einige Meter vor sich das Ende der Spur. Es war eine Höhle, nur knapp unterhalb des Berggipfels.

Vorsichtig bewegte sich Seikei darauf zu, wohl wissend, dass in der tiefen schwarzen Öffnung jemand lauern und ihm entgegensehen konnte.

Aber nichts passierte und er erreichte unversehrt den Höhleneingang. Er sah hinein – ein finsterer Gang wand sich bis in die Tiefen des Berges.

»Ninja! Komm heraus und schau mir ins Gesicht!«, rief Seikei. Ein Kampf unter freiem Himmel war ihm eindeutig lieber, als da hineinzugehen.

Doch die einzige Antwort war ein Echo, und ein sehr leises noch dazu. Meine Stimme klingt dünn und schwach, dachte Seikei. Er griff wieder nach dem Stein in seinem Kimono, um sich Kraft zu holen.

Sollte er hier warten, bis der Ninja herauskam? Irgendwann musste er doch schließlich auftauchen, oder nicht?

Es sei denn, die Höhle verfügte über einen weiteren Ausgang.

Seikei erinnerte sich an sein Versprechen, wohlbehalten zum Richter zurückzukehren. Bestimmt war es die klügste Entscheidung, erst einmal hier zu warten. Wenn nichts geschah, konnte Seikei ja zu Richter Ooka zurückgehen und berichten, er sei dem Pfad gefolgt, so weit es ging.

Aber nicht bis zum Ende.

Bashos Worte schossen ihm wieder durch den Kopf. Wenn man sein eigenes Leben rettet, indem man sich feige verhält, dachte Seikei, was ist das Leben dann noch wert? Der Himmel hat mir einen Traum erfüllt, der mir lange Zeit unmöglich erschienen war: ein Samurai zu sein. Ich muss mich dessen nun würdig erweisen.

Er legte eine Hand auf den Schwertknauf und betrat die Höhle.

Der Tunnel führte ins Herz des Berges hinab. Schon nach wenigen Metern drang kaum noch Licht von draußen herein und Seikei musste jeden Schritt noch sorgfältiger machen als den vorherigen. Immer wieder blieb er stehen und lauschte. In der absoluten Stille der Höhle würde jedes Geräusch sofort zu hören sein, doch es kam ihm vor, als überlagere sein eigener Atem alles andere. Er bemühte sich, ruhig zu werden, und benutzte dafür eine Meditationstechnik, die Bunzo ihm beigebracht hatte.

Nach ein paar weiteren Schritten drang plötzlich ein seltsames Geräusch an sein Ohr. Zunächst hörte es sich an wie ein Summen, als habe sich ein Bienenschwarm vor der Kälte hier hereingeflüchtet. Doch nach einer Weile stellte Seikei fest, dass das Geräusch mal anschwoll, dann wieder leiser wurde und ganz aufhörte, um schließlich wieder anzuschwellen. Es klang wie Wellen, die ans Meeresufer schlugen.

Oder wie Schnarchen.

Ja, das muss es sein!, dachte Seikei. Der Ninja war nicht mehr weit. Er schlief schnarchend irgendwo in der Höhle. Offenbar fühlte er sich sehr sicher.

Seikei überlegte. Er konnte nun sein Schwert ziehen, nach vorne stürmen und den Ninja, sei er nun Fuchs oder Mensch, im Schlaf töten.

Aber auf diese Weise würde er nicht herausfinden, wer den Ninja beauftragt hatte, Fürst Inaba umzubringen. Und das, hatte der Richter gesagt, sei das Wichtigste.

Und wenn der Ninja wirklich Tatsuno war ... Seikei gab es nur ungern zu, aber es hätte ihn traurig gemacht, Tatsuno töten zu müssen.

»Hai!«, rief er, mehr aus Unentschlossenheit denn aus einer Entscheidung heraus.

Das Schnarchen verstummte. Nun war überhaupt kein Laut mehr zu hören. Anscheinend war der Ninja in der Lage, das Atmen komplett einzustellen. Er musste wirklich über eine hervorragende Selbstbeherrschung verfügen. Aber Seikei wusste, dass er nur wenige Meter vor ihm in der Höhle kauerte.

Und lauschte.

Das Geständnis des Fuchses

Seikei stand so lange regungslos da, dass seine Knie zu schmerzen begannen. Es war der Ninja, der sich als Erster bewegte. Seikei hörte ein leises Rascheln, wie von Seide – und ihm wurde plötzlich klar, was das Geräusch zu bedeuten hatte.

Er warf sich gerade noch rechtzeitig auf den Boden, als etwas über ihn hinwegsauste. Doch Seikei wusste, dass es nicht der Flügelschlag eines Kolibris gewesen war, auch wenn es sich so angehört hatte – sondern ein rasiermesserscharfes Shuriken, das genau auf die Stelle gezielt hatte, an der bis eben noch Seikeis Gesicht gewesen war.

Auf allen vieren strauchelte er zurück in Richtung Höhleneingang. Er hörte, wie der Ninja sich an seine Fersen heftete, und ihm wurde bewusst, dass er unmöglich würde entkommen können. Also drehte Seikei sich auf den Rücken und zog das Schwert halb aus der Scheide.

Der Ninja hatte das Geräusch offenbar gehört und blieb stehen. Er wusste zwar nicht, wo genau Seikei sich befand, doch er wusste, wenn er sich kopflos in die Dunkelheit stürzte, könnte er direkt in eine Schwertklinge rasen.

»Wer bist du?«, fragte der Ninja.

Es war nicht Tatsunos Stimme.

Seikei fürchtete, seine Antwort könnte dem Ninja seinen Aufenthaltsort verraten – und damit das Ziel für das nächste tödliche Shuriken.

Also kroch er stumm über den steinigen Boden zurück, das Schwert immer dahin gerichtet, wo er den Ninja vermutete.

Ein zweites Shuriken wirbelte über seinen Kopf hinweg und prallte mit einem metallischen Klang gegen die Höhlenwand.

Seikei blieb stehen und dachte nach. Wenn er sich weiter dem Eingang näherte, würde der Ninja ihm nur zu folgen brauchen. Im hereinströmenden Licht würde Seikei wunderschön als Ziel zu erkennen sein.

In diesem Moment rutschte Seikeis Hand zur Seite, die er auf einen losen Stein gestützt hatte. Das brachte ihn auf eine Idee. Alles war besser, als darauf zu warten, dass der Ninja ihn einholte und mit seinen Shuriken erledigte.

Er erhob sich halb, holte aus und schleuderte den Stein mitten in die Dunkelheit. Während er Richtung Ausgang hastete, hörte er ein überraschtes Ächzen, das ihm verriet, dass er perfekt getroffen hatte.

Seikei rannte in seiner gebückten Haltung, so schnell er konnte. Seine Füße stolperten über den steinigen Boden. Nur noch ein paar Schritte, dann kam der Höhleneingang in Sicht. Seikei krümmte sich, so gut er konnte, um möglichst wenig Angriffsfläche zu bieten. Keine Angst, ich habe keine Angst, redete er sich selbst gut zu, während er sich immer weiter Richtung Licht kämpfte.

Und dann stand er plötzlich im Eingang – und immer noch war über ihm kein sirrendes Geräusch zu hören. Mit einem Hechtsprung rettete sich Seikei nach draußen hinter einen großen Stein. Zusammengekauert ließ er den Höhleneingang keine Sekunde aus den Augen. Langsam – denn nun konnte *er* ja wieder das Ziel sein – schob der Ninja sich aus der Höhle. Seikei sah zu seiner Erleichterung, dass er Menschengestalt hatte. Der Mann war etwas älter als Tatsuno, bewegte sich aber mit der Anmut und der Geschmeidigkeit eines Fuchses. Er trug einen schwarzen Kimono, wie die Ninja in alten Legenden, doch selbst aus der Entfernung konnte Seikei erkennen, dass die Ärmel ausgefranst waren und der Stoff an mehreren Stellen fadenscheinig war.

Der Ninja sah sich um, wie ein Tier, das eine Waldlichtung betrat. Seikei sah seine Augen. Sie waren gelb – und damit der einzige Körperteil, der nicht menschlich wirkte.

»Wer bist du?«, rief der Ninja. »Warum bist du hergekommen?«

Seikei war nicht sicher, ob er antworten sollte. Der Ninja hielt nichts in den Händen, doch Seikei wusste, dass er in Sekundenbruchteilen ein Shuriken aus seinem Kimono hervorzaubern konnte, wenn er herausbekam, wo Seikei sich aufhielt.

Aber schließlich war er hergekommen, um von dem Ninja etwas zu erfahren. Hinter dem Stein war er so sicher, wie es unter diesen Umständen nur möglich war.

»Ich heiße Ooka, Seikei«, rief er. »Ich bin hier, um Euch über den Mord an Fürst Inaba zu befragen.«

Der Ninja lachte, und Seikei sah, dass ihm mehrere Zähne fehlten. »Tatsächlich?«, spottete der Mann. Er hatte offenbar gemerkt, dass die Stimme nicht zu einem Erwachsenen gehörte.

»Zeig dich«, lockte er. »Komm schon, ich tu dir nichts.«

»In der Höhle wolltet Ihr mir sehr wohl etwas tun«, gab Seikei zurück.

»Das war reine Notwehr«, erwiderte der Ninja. »Du hast mich aufgeschreckt.«

»Ich hätte Euch auch Schlimmeres antun können, wenn ich gewollt hätte.«

Der Ninja überlegte. »Ja, das stimmt. Du hast ein Schwert und du hast mich im Schlaf erwischt. Ich sollte mehr Vorsicht an den Tag legen, aber es kommt selten vor, dass jemand meine Ruhe stört. Wie hast du die Erlaubnis erhalten, auf den Berg zu kommen?«

Seikei hatte langsam keine Lust mehr, Fragen zu beantworten. »Ihr habt mir *Euren* Namen noch nicht genannt«, sagte er.

Der Ninja lächelte. »Ich bin Kitsune.«

»Das bedeutet ›Fuchs‹.«

»Jeder legt sich den Namen zu, der ihm entspricht«, erwiderte der Mann mit einem Lächeln, das Seikei sein Schwert noch fester umklammern ließ. »Wieso willst du mich über Fürst Inabas Tod befragen?«

»Weil ich glaube, dass Ihr ihn getötet habt.«

»Tatsächlich? Wieso glaubst du das?«

»Weil Ihr einen roten Papierschmetterling neben seinem Leichnam hinterlassen habt«, sagte Seikei. Als Kitsune nicht antwortete, fuhr er fort: »Und der Mann, der das Papier hergestellt hat, hat mir gesagt, er habe es an den O-Miwa-Schrein verkauft. Die hiesigen Priester erlauben Euch, hier auf den Berg zu kommen, weil Ihr ihnen großzügige Opfer bringt.«

Kitsunes Lippen waren zu einem dünnen Strich zusammengepresst.

»Und ich habe den leeren Simenawa-Faden unten am Fuße des Berges gesehen, wo Ihr den Schmetterling abgemacht habt«, fügte Seikei hinzu.

Kitsune schwieg noch eine Weile, dann sagte er: »Wenn du das alles weißt, wieso hast du mich dann nicht in der Höhle getötet?«

Seikei zögerte. »Ich dachte erst, Ihr wärt Tatsuno.«

»Tatsuno?«, wiederholte der Mann finster. »Tatsuno ist eine Schande, ein Versager, ein … ein … Ich würde nicht einmal auf derselben Straßenseite gehen wollen wie er.«

»Ich habe ihn als sehr tapfer erlebt«, sagte Seikei. »Er hat mir das Leben gerettet.«

»Was hast du ihm dafür bezahlt?«, fragte Kitsune.

»Nichts.«

Kitsune riss verzweifelt die Arme hoch. »Siehst du? Was ist das denn für ein Ninja? Und so was ist mein Bruder!«

»Euer Bruder?«, fragte Seikei erstaunt. Kaum waren diese Worte über seine Lippen gekommen, fiel ihm die Ähnlichkeit zwischen den beiden schlagartig auf.

»Ja«, sagte Kitsune. »Leider, leider ist er mein Bruder. Aber das sage ich nur dir, weil du nie in der Lage sein wirst, jemandem davon zu erzählen.« Er steckte eine Hand in den Kimono, ließ sie dort und begann, sich auf den Stein zuzubewegen, hinter dem Seikei kauerte. »Weißt du was?«, sprach er weiter. »Ich glaube, du hast mich nur deswegen nicht umgebracht, weil du Angst hattest. Hast du überhaupt schon mal jemanden getötet?«

»Ich ... Einmal ... Einmal hätte ich es beinahe getan«, stammelte Seikei.

»Ah«, sagte Kitsune. »Zu blöd, dass du mich nicht umgebracht hast, als du die Gelegenheit dazu hattest. Jetzt wirst du nie erfahren, wie es sich anfühlt, jemanden zu töten.« Er ging weiter, langsam, aber mit festem Schritt.

»Bleibt zurück!«, rief Seikei mit einer Stimme, die möglichst bedrohlich klingen sollte. Dann wurde ihm klar, in welcher Zwickmühle er steckte. Sicher konnte er Kitsune mit dem Schwert zur Strecke bringen, aber dafür würde er aufstehen und sich dem Ninja stellen müssen. Und dann würde er von einem tödlichen Shuriken erwischt werden, bevor er Gelegenheit hatte, das Schwert zu benutzen.

Außer, er fand selbst irgendein Wurfgeschoss. Seikei sah sich um, aber selbst wenn irgendwo Geröll gewesen wären, hätte er es unter dem Schnee nicht erkennen können.

Der Stein fiel ihm wieder ein, der in seinem Kimono steckte. Er sah hoch. Kitsune kam immer näher, schien aber keine Eile zu haben. Seikei hatte noch genug Zeit.

Seikei richtete sich auf, den schwarzgrünen Stein in der Hand. Er holte aus. Und plötzlich wich das selbstsichere Lächeln aus dem Gesicht des Ninja einem überraschten Ausdruck.

»Halt!«, schrie Kitsune. »Wo hast du den her?«

Seikei hielt den Arm wurfbereit, für den Fall, dass der Ninja versuchte, ihn auszutricksen. »Warum?«

»So etwas dürftest du nicht haben. Nur Ninja dürfen solche Steine besitzen.«

»Was ist das für ein Stein?«

Kitsunes Gesichtsausdruck veränderte sich wieder. Es war klar, dass er etwas im Schilde führte. »Kein besonderer«, sagte er nicht sehr überzeugend. »Einfach nur ein gewöhnlicher Stein. Wirf nicht damit. Wieso gibst du ihn mir nicht einfach und ich lasse dich dafür gehen?«

Das war zwar eine überaus verlockende Vorstellung, aber sein Instinkt warnte Seikei. »Deswegen bin ich nicht hergekommen. Ich muss herausfinden, wer Euch beauftragt hat, Fürst Inaba zu töten.«

»Aha.« Kitsune nickte. »Und wenn ich dir das sage, ist das gleichzeitig ein Schuldeingeständnis. Wirklich sehr schlau.«

»Wir wissen doch längst, dass Ihr der Mörder seid.«

»Wir?« Kitsune sah sich um. »Versuch mir nicht einzureden, du seist nicht allein hier. Der Gofu wirkt nur für denjenigen, der ihn bei sich trägt.«

»Ich spreche von meinem Vater, Richter Ooka. Er hat mich geschickt, damit ich herausfinde, wer Euch angeheuert hat.«

»Richter Ooka? Hmpf, das erklärt ja, warum Tatsuno so nett zu dir war. Der Richter hat einmal seine Unschuld bewiesen.«

»Tatsunos?«

»Ja. Natürlich war es purer Zufall, dass er in dem Fall unschuldig war. Er hatte etwas stehlen wollen, doch jemand ist ihm zuvorgekommen. Trotzdem hat man ihn angeklagt, einfach nur weil er ein Ninja ist.« Plötzlich schien ihm ein Licht aufzugehen. »Aber klar! *Tatsuno* hat dir den Stein gegeben, nicht wahr?« Seikei schwieg und wünschte sich, Tatsuno hätte ihm mehr über den Stein erzählt.

»Also gut«, sprach Kitsune weiter. »Eigentlich gehört der Gofu nämlich mir, musst du wissen. Tatsuno hat ihn mir gestohlen. Also gib mir mein rechtmäßiges Eigentum zurück.«

»Ich glaube Euch kein Wort«, erwiderte Seikei. »Wenn Ihr darauf besteht, dass der Stein Euch gehört, dann kommt mit nach unten und macht Eure Besitzansprüche Richter Ooka gegenüber geltend.«

»Der würde mir doch auch nicht glauben.«

»Dann nennt mir den Namen desjenigen, der Euch angeheuert hat, und ich gebe Euch den Stein.«

Kitsune dachte kurz nach. »Das kann ich mir aus dem gleichen Grund sparen. Geh doch zurück und nenn ihm einen Namen, irgendeinen.«

»Das kann ich nicht machen.« Auf einmal erinnerte sich Seikei an sein Schreibset. »Hier«, sagte er, ließ das Schwert los und holte das Schreibset heraus. »Schreibt da den Namen Eures Auftraggebers drauf. Und unterschreibt dann. Das wird als Beweis ausreichen.«

»Das käme doch einem Geständnis gleich«, wandte Kitsune erneut ein. »Dann könnte ich nie wieder von diesem Berg herunter.«

»Mein Vater will doch nur wissen, wer Euch angeheuert hat«, erklärte Seikei. »Er wird Euch nicht nachstellen.«

»Welche Sicherheit habe ich dafür?«

»Ihr habt mein Ehrenwort«, sagte Seikei.

Er warf Kitsune das Schreibset zu. Der Ninja nahm etwas Schnee, um ihn mit dem Tuschestein zu verreiben, und ließ sich Zeit mit seinem Geständnis. Schließlich unterschrieb er mit einer schwungvollen Pinselbewegung, als sei er ein Künstler, der soeben ein großes Kalligrafie-Meisterwerk vollendet hatte.

Dann rollte er das Papier zusammen, steckte es zurück in das Fach und hielt das Schreibset hoch. »So, und jetzt lass uns Neujahrsgeschenke austauschen.«

Bedächtig kam Seikei hinter dem Felsen hervor, seinen schwarzgrünen Stein immer noch wurfbereit in der Hand. »Wie kann ich sicher sein, dass Ihr Euch an die Abmachung haltet?«, fragte er.

»Das kannst du nicht«, gab der Mann zurück. »Aber wenn Ninja sich nicht an Abmachungen halten würden, hätten sie bald keine Aufträge mehr. Wir haben genauso viel Ehre im Leib, wie ihr Samurai für euch beansprucht.«

Seikei ging auf den Ninja zu. Aus kurzer Entfernung wäre sein Schwert sicher wirksamer als Kitsunes Shuriken. Seikei hielt dem Ninja den Stein hin, der ihm nun sehr warm vorkam. Kitsune reichte ihm das Schreibset.

Der Austausch war vollzogen. »Und jetzt«, sagte Kitsune, »verschwindest du am besten schnell vom Berg. Der Gofu war dein einziger Schutz gegen den Kami.«

Das brauchte er Seikei nicht zweimal zu sagen. Ein Gefühl der Leere hatte sich seiner bemächtigt, sobald er den Stein aus der Hand gegeben hatte. Er drehte sich um und ging so rasch wie möglich davon, ohne zu rennen. Zuerst rechnete er fast damit, dass ihm ein

Shuriken an den Hinterkopf sirren würde, doch mit der Zeit wurde ihm klar, dass der Ninja nicht vorhatte, sich auf diese Weise zu rächen.

Trotz dieser Erkenntnis kam ihm der Berg jetzt, beim Abstieg, bedrohlicher vor als beim Aufstieg. Einmal rutschte Seikei aus und klammerte sich Halt suchend an eine große Kiefer. Als er aufsah, stand ein Reh unweit von ihm entfernt im Wald und beobachtete ihn. Es schien ihm, als sei es dasselbe Tier wie zuvor, aber wie hätte er sicher sein können? Diesmal musterte das Reh ihn, als sei er ein Eindringling. Hastig stolperte er weiter.

Seikei war fast, als werde er von unzähligen Augenpaaren verfolgt. Wesen, die er nicht sehen konnte ... Steine, Bäume ... Der ganze Berg war sich seiner Anwesenheit bewusst. Und der Tatsache, dass er nicht hierhergehörte. Die Zeit floss dahin, aber Seikei hätte nicht sagen können, wie spät es war. Auf dem Berg schien die Zeit langsamer zu vergehen.

Eine Welle der Erleichterung durchfuhr ihn, als er das Simenawa-Seil mit den roten Schmetterlingen erblickte, das den Berg von der Welt der Menschen trennte. Und direkt dahinter stand Richter Ooka und wartete auf ihn. Seikei war zutiefst gerührt – es musste den Richter große Anstrengung gekostet haben, so lange dort stehen zu bleiben.

Seikei schlüpfte unter dem Seil hindurch und verbeugte sich dankbar. »Vater«, sagte er, »ich bin dem Pfad gefolgt, den Ihr mir gewiesen habt.«

Er reichte dem Richter das Schreibset. »Das Geständnis des Mörders«, sagte er, und bemerkte, wie sehr er zitterte. Der Abstieg vom Berg hatte seine Nerven stark angegriffen.

Der Richter nahm das Schreibset, holte das Papier heraus und rollte es auseinander. Nachdem er es schnell gelesen hatte, nickte er. »Hat er dir gesagt, was er hier aufgeschrieben hat?«

»Nein.« Plötzlich bekam Seikei Angst. Vielleicht hatte der Ninja ihn doch ausgetrickst und irgendeine nutzlose, spöttische Bemerkung draufgeschrieben?

»Du hast nicht nur die Aufgabe erfüllt, die ich dir gestellt hatte, sondern auch die, welche du dir selbst zum Vorsatz gemacht hast«, sagte Richter Ooka. »Der Ninja sagt, derjenige, der ihn beauftragt habe, Fürst Inaba zu töten, sei … Fürst Inabas Sohn Yutaro.«

Das Neujahrsfest

Seikei schlürfte eine der besonders langen Toshikoshi-Nudeln aus seiner Schale. Es war Tradition, zu Neujahr diese extrem langen Nudeln aufzutischen. Es hieß, wenn man sie aß, hätte man im kommenden Jahr mehr Glück und Zufriedenheit.

Seikei und der Richter hielten sich nun wieder im Haus des Gouverneurs auf, und der Gastgeber hatte darauf bestanden, dass sie bis zum Ende der Neujahrsfeierlichkeiten blieben. Was wohl vor allem daran lag, dass er das Abenteuer auf dem Berg von Seikei selbst hören wollte. Zwar hatte Seikei die Geschichte schon mehrmals wiedergegeben, aber der Gouverneur bat immer wieder um eine neuerliche Erzählung.

Richter Ooka hat Recht gehabt, dachte Seikei. Der Gouverneur hat wirklich nicht daran geglaubt, dass ich lebend vom Miwayama zurückkehre.

Doch der Gouverneur war ein Mensch, der gern feierte, und er ließ für seine Gäste nur die erlesensten Speisen und Getränke auffahren. Er ernannte Seikei zum Toshiotoko, zum »Mann des Jahres«, was bedeutete, dass Seikei das erste Wasser des Jahres aus dem Brunnen schöpfen und damit Tee brauen durfte. Außerdem hatte er ein besonderes Frühstück für den gesamten Haushalt zuzubereiten und schließlich die Opferzeremonie für die Toshikami, die Geister des neuen Jahres, zu leiten. Es war mit Arbeit verbunden, Toshiotoko zu sein, doch gleichzeitig war es auch eine große Ehre, und das Zubereiten des Frühstücks übernahm ohnehin die Köchin des Gouverneurs.

Pünktlich zum Neujahrstag trafen die Kinder und Enkel des Gouverneurs ein. Schauspieler waren angeheuert worden, um sich als Dämonen und Drachen zu verkleiden, und immer wieder tauchten sie unerwartet irgendwo auf und erschreckten die Kinder, die daraufhin aufschrien und lachten. Jeder wusste, dass es keine echten Dämonen sein konnten – die echten wurden von dem Simenawa-Seil ferngehalten, das über der Eingangstür gespannt war. Doch statt roter Schmetterlinge hingen von diesem Simenawa, wie bei allen anderen Leuten auch, weiße Papierstreifen.

Irgendwann brachte jemand die Kinder nach draußen, wo sie mit Stöcken auf den Boden schlugen und sangen. Dies wurde zu Neujahr immer gemacht, um die Vögel zu verscheuchen, damit sie nicht die Aussaat der Bauern wegpickten. Natürlich hatte der Gouverneur nicht wirklich etwas ausgesät, doch die Kinder taten es trotzdem – genau wie Seikei und seine Geschwister es als Kinder getan hatten, auch wenn ihr Vater ein Händler war.

Jetzt, da die Kinder draußen waren, war es stiller im Haus, und der Gouverneur schenkte Seikei eine Schale Pflaumenwein ein. »Eines möchte ich über deinen Kampf gegen den Ninja noch wissen«, sagte er.

Seikei seufzte unmerklich und tat so, als nippe er am Wein. Er hatte schon zwei Schalen getrunken, und obwohl die Schalen kaum größer waren als sein Daumen, waren die Feierlichkeiten noch lange nicht zu Ende. Außerdem schmeckte der Pflaumenwein nicht besonders gut zur Nudelsuppe.

»Das war gar kein richtiger Kampf«, widersprach Seikei.

»Oh, aber sicher doch. Wenn ich mir vorstelle, dass du ihn im Schlaf erwischt hast und ihn auf der Stelle hättest enthaupten können ... Das Schwert ist in einem sehr guten Zustand, musst du wissen. Scharf wie ein Rasiermesser.«

Seikei sah zum Richter hinüber, der ihm zuzwinkerte. Es war dem Gouverneur schleierhaft, warum Seikei den Ninja nicht getötet hatte, aber der Richter verstand es, und das war das Einzige, was für Seikei zählte.

»Ich finde, der interessanteste Teil von Seikeis Geschichte ist die Begegnung mit dem Reh«, versuchte Richter Ooka das Thema zu wechseln.

»Wieso?«, fragte der Gouverneur.

»Ich vermute, das Reh war der Kami des Berges.«

Der Gouverneur sah Seikei an. »Wenn das so ist, dann hat dein Sohn großes Glück gehabt. Viele Leute sagen, der Anblick eines Kami kann einen Menschen töten.«

»Deswegen hat er sich auch nur in Gestalt eines Rehs gezeigt«, erwiderte der Richter. »Außerdem hatte Seikei etwas zu seinem Schutz dabei.«

»Ihr meint den Stein?«, fragte Seikei. »Den Kitsune unbedingt haben wollte?«

Richter Ooka nickte.

»Der Kannushi hat ihn Gofu genannt«, sagte Seikei. »Was heißt das genau?«

»Ein Gofu ist ein Talisman, ein Glücksbringer, sagt man«, erklärte sein Adoptivvater. »Einige Schreine, besonders so alte wie der O-Miwa, verkaufen solche Steine. Es heißt, dass ihnen große Zauberkräfte innewohnen.«

»Vielleicht hättest du dich mit seiner Hilfe unsichtbar machen können, wenn du ihn behalten hättest«, sagte der Gouverneur kichernd.

Seikei hielt es für wahrscheinlicher, dass der Stein ihm erlaubt hatte, Kitsune als Mensch und nicht als Fuchs zu sehen. Er sah den Richter an. »Glaubt *Ihr* daran, dass ein Gofu Zauberkräfte hat?«

»Bei dir hat er zumindest sehr gut funktioniert.« Der Richter lächelte. »Weißt du noch, wie du gesagt hast, Fürst Inaba sei dein Feind?«

»Ja.«

»Ich hatte Angst, du könntest vergessen haben, dass ich dich losgeschickt hatte, um die Feinde des *alten* Fürsten Inaba zu finden. Du bist als Feind des neuen Fürsten zurückgekommen. Du hast also herausgefunden – und das Geständnis des Ninja hat das bestätigt –, dass der größte Feind des alten Fürsten der Mann war, den du als *deinen* Feind ansahst – sein Sohn. Ich vermute, sein Vater hatte erfahren, wie Yutaro die Einwohner seines Herrschaftsgebietes behandelte, und hatte vorgehabt, ihn zu enterben. Doch der Sohn kam diesem Schritt zuvor.«

»Was geschieht nun mit ihm?«, fragte Seikei.

»Der Gouverneur hat schon eine Nachricht nach Edo geschickt, zum Shogun. Darin steht alles, was du herausgefunden hast. Ich habe meine Schlussfolgerung hinzugefügt, dass der junge Fürst Inaba für den Tod seines Vaters verantwortlich ist.«

»Wird der Shogun ihn bestrafen?«

»Vielleicht erlaubt er ihm auch, sich auf ehrenhafte Weise zu verabschieden.«

Seikei wusste, was das bedeutete: Der Daimyo würde vielleicht die Erlaubnis bekommen, Selbstmord zu begehen, statt auf erniedrigende Weise öffentlich hingerichtet zu werden. Im Vergleich zu dem, was er anderen angetan hatte, erschien Seikei diese Strafe viel zu mild.

»Und Kitsune?«, fragte Seikei. »Findet Ihr, er sollte ungestraft davonkommen?«

»Oh, ich glaube, *du* hast ihn schon genug gestraft«, erwiderte der Gouverneur. »Er ist es nicht gewohnt, besiegt zu werden. Ich glaube, du solltest in Zukunft darauf achten, nicht wieder seinen Weg zu kreuzen.

Sei vorsichtig und lass dich bloß nicht von ihm täuschen. Kitsune ist ein skrupelloser Mann.«

»Ist Tatsuno wirklich sein Bruder?«, wandte sich Seikei an den Richter.

»Ja. Und es stimmt auch, dass ich Tatsuno einmal davor bewahrt habe, unschuldig ins Gefängnis zu wandern. Eines hat dir Kitsune allerdings verschwiegen: dass er das Verbrechen begangen hatte, das Tatsuno zur Last gelegt wurde.«

»Tatsächlich? Und er hätte zugelassen, dass sein Bruder dafür belangt wird?«

»Er *wollte* sogar, dass sein Bruder dafür belangt wird. Da habe ich erfahren, wie schwierig es ist, Kitsune zu fassen. Ich habe es nicht geschafft.«

Seikei hob seine Schale an die Lippen, um den letzten Schluck Brühe zu trinken. Dabei erfasste er eine letzte Nudel, und als er die Schale wieder senkte, hing ihm die Nudel immer noch aus dem Mund.

»Sieh sich das mal einer an«, rief der Gouverneur und er klang beinahe neidisch. »Du hast die längste Nudel erwischt. Das heißt, dass du im neuen Jahr am meisten Glück haben wirst.«

»Du hast es verdient«, sagte Richter Ooka.

Seikei schlürfte die Nudel auf. Das Lob des Richters wärmte ihn mindestens genauso wie die Suppe. Doch er dachte traurig an die, denen er nicht helfen konnte – Doktor Genko, Sada, Joji, den Bauern ... Es war nicht der Wille des Himmels gewesen, dass Seikei auf der Reise umkam. Aber diese anderen ...

Ihren Tod hatte er nicht verhindern können.

Es sei unmöglich, dem Schicksal einen Strich durch die Rechnung zu machen, hatte der Richter zu ihm gesagt. Vielleicht wären die Bauern nicht gestorben, wenn Seikei ihre Beschwerden nicht schriftlich festgehalten hätte. Aber andererseits – was war das Leben denn wert, wenn man nie versuchte, etwas besser zu machen?

Seikei nahm sich vor, im neuen Jahr noch stärker daran zu arbeiten, seines Samurai-Titels würdig zu sein. Vielleicht sollte er damit anfangen, indem er nach Kanazawa zurückkehrte und den Gefangenen befreite, der ihm damals im Kerker Gesellschaft geleistet hatte …

»Die Kinder kommen bald wieder rein«, sagte der Richter. »Wollen wir uns noch ein paar Moshi-moshi gönnen, bevor sie uns alle wegessen?«

Nachwort der Autoren

Im vorliegenden Buch haben wir die Namen der japanischen Provinzen so geschrieben, wie es im Jahr 1736 (oder, wie Seikei geschrieben hätte, im siebenundzwanzigsten Regierungsjahr des Kaisers Nakamikado) üblich war. Die damalige Provinz Yamato heißt heute Nara. Etchu ist heute die Provinz Toyama, und Shinano heißt heute Provinz Nagano.

Eine Palaststadt namens Kanazawa gibt es wirklich, aber dort hat einst die Maeda-Familie residiert, nicht die Inabas, wie in unserem Buch behauptet. Der O-Miwa-Schrein existiert tatsächlich. Er wurde zu Ehren des Kami des Miwayama (oder Miwa-Bergs) erbaut und sieht im Großen und Ganzen so aus, wie wir ihn beschrieben haben. Und nein, man kann bis heute nicht auf diesen Berg steigen.

Bei unseren Recherchen fanden wir heraus, dass das Wort »Origami« für die Papierfaltkunst erst ungefähr seit 1880 verwendet wird. Vorher hieß es »Orikata«. Wir haben trotzdem »Origami« benutzt, weil es unseren Lesern vermutlich geläufiger ist.

Wie die Leser von »Der Rubin des Samurai« und »Die Rache des Feuerdämons« wissen, hat es Richter Ooka tatsächlich gegeben. Er verdankte seinen Ruf und seinen hohen Stand den klugen und gerechten Urteilen, die er fällte. Er hat Yoshimune gedient, dem achten Shogun der Tokaguwa-Dynastie, der in Japan von 1717 bis 1744 regierte. Bis heute kursieren Legenden über Richter Ooka, und manche nennen ihn den Sherlock Holmes Japans. Die vorliegende Geschichte allerdings ist, genau wie die Figur von Seikei, allein der Fantasie der Autoren entsprungen.

LESEPROBE

»Samurai Secrets: Die Rache des Feuerdämons«
von Dorothy & Thomas Hoobler
ISBN 978-3-473-58479-6

Als Seikei und der Richter eintraten, musterte die Frau sie mit dunklen, schnellen Augen. Sie saß auf dem Fußboden. Auf dem niedrigen Tisch vor ihr standen Schalen mit verschiedenfarbigen Flüssigkeiten.

Hinter ihr an der Wand hing das Bild eines besonders furchterregenden Drachens mit glutroten Augen. Die Luft im Raum war schwer vom Duft der Räucherstäbchen, die in einer Porzellanschüssel voller Sand vor sich hin glimmten.

Der Richter äußerte sich bewundernd über die Schüssel. Die Frau wehrte bescheiden ab, es sei nur ein wertloser Gegenstand. »Richter Ooka, der in aller Munde ist, verwahrt in seinem Haus sicherlich sehr viel größere Kostbarkeiten.« Seikei war erstaunt und fragte sich, woran sie den Richter wohl erkannt hatte.

Die Frau schlug mit einem ihrer langen Fingernägel gegen einen kleinen Gong. Sofort erschien ein Mädchen und legte ein großes, mit grüner Seide bezogenes Kissen auf den Boden. Die Wahrsagerin bedeutete dem Samurai, sich darauf zu setzen. Da das Mädchen verschwand, ohne ein weiteres Kissen für Seikei dazulassen, kniete er sich hin und kauerte auf den Fersen. Die normale Sitzposition – für ihn war sie gut genug.

»Da Ihr offenbar wisst, wer ich bin«, sagte der Richter, »wisst Ihr bestimmt auch, welche Frage ich Euch stellen möchte.«

Die Frau lächelte. »Jeder weiß, warum Ihr hergekommen seid – wegen des Dämons, der in Yoshiwara drei Mädchen umgebracht hat.«

Wieder war Seikei verblüfft, versuchte es sich aber nicht anmerken zu lassen. Natürlich war dies nicht der Grund, weswegen Richter Ooka nach Yoshiwara gekommen war. Doch er wusste, der Richter würde nicht widersprechen; es war eine seiner bevorzugten Methoden, sich von scheinbar unbeteiligten Personen zur Lösung eines Problems führen zu lassen.

»Wieso weigern sich die Leute dann, mir zu helfen?«, fragte er nun.

Die Wahrsagerin streckte die Hände aus. »Sie wissen nicht, wer mächtiger ist – Ihr oder der Dämon. Also versuchen sie, keinen von beiden gegen sich aufzubringen.«

»Wurden die Verbrechen deswegen nicht dem örtlichen Magistrat gemeldet?«

»Oh, der Magistrat weiß durchaus davon«, widersprach die Wahrsagerin. »Aber er ist anders als Ihr.«

»Wie meint Ihr das?«

»Er würde mit Freuden jeden bestrafen, der die Gesetze des Shoguns missachtet – sofern der Übeltäter aus Yoshiwara kommt. Aber hier ist ein Dämon am Werk, und da hat der Magistrat Angst zu handeln. Ihr hingegen seid ganz anders, Ihr kennt keine Angst. Ihr werdet Unrecht und Verbrechen ahnden, egal wer sie begangen hat.«

»Schmeichelt mir bitte nicht so«, winkte der Richter ab. »Das könnte sonst noch meinen klaren Verstand umnebeln.«

»Wie Ihr wünscht«, sagte die Frau, und ihre Hand flatterte wie ein Schmetterling, der gerade auf einer Blüte landet.

»In welcher Gestalt taucht der Dämon auf?«, fragte Richter Ooka weiter.

»Wenn er von außerhalb kommt, muss er ein Kunde sein«, antwortete die Wahrsagerin. »Ein Mann, der auf der Suche nach Freuden hierhergekommen ist – auf der Suche nach Entspannung, Erleichterung, Freiheit von den täglichen Pflichten.«

»Das hilft mir nicht weiter. Mit wem sind die Mädchen vor ihrem Tod gesehen worden?«

»Zwei von ihnen waren Tayu, höchstrangige Geishas«, erklärte die Frau. »Sie waren nicht verpflichtet, ungeliebte Kunden anzunehmen. Daher waren sie meist in Gesellschaft von Daimyos, hochrangigen Beamten des Shoguns oder wohlhabenden Händlern.« Sie ließ wieder ihre Hände flattern. »Versteht Ihr?«

»Ja, ich verstehe. Aber was ist mit dem letzten Mädchen? Sie war keine Geisha.«

Die Frau nickte. »Sondern die schlichte Angestellte

eines Teehauses. Aber die zwei toten Geishas haben sich mit ihren Kunden oft in eben jenem Teehaus getroffen. Es war ein sehr beliebter Ort, sehr elegant. Die vornehmsten Gäste gingen dort ein und aus.«

»Und jetzt nicht mehr?« Richter Ooka horchte auf.

Die Wahrsagerin hob den Blick zur Decke. »Nun ja, wenn man eine unbeschwerte Zeit verleben will, sich unterhalten, seine Sorgen vergessen ...«

»... dann möchte man nicht in ein Haus gehen, in dem vor Kurzem jemand gestorben ist«, brachte der Richter den Satz zu Ende. »Und wo werden die beliebtesten Geishas jetzt mit ihren Kunden hingehen?«, fragte er weiter.

Die Frau senkte ihre Augen. »Da verlangt Ihr von mir, in die Zukunft zu blicken«, sagte sie. »Dafür muss ich mich konzentrieren.«

Der Richter holte aus seinem Ärmel einen Stoffbeutel hervor und legte ein paar Silber-Mon auf den Tisch.

Die Wahrsagerin würdigte das Geld kaum eines Blickes und seufzte: »Ich werde mein Bestes tun.« Sie öffnete eine Schatulle, auf deren Seite das Yin-Yang-Symbol prangte – ein Kreis, der von einer geschwungenen Linie in zwei Hälften geteilt wird. Die eine Seite war aus dunklem Holz, die andere aus hellem.

Seikei dachte an den Tag, als sein leiblicher Vater ihn in Osaka zu einer Wahrsagerin mitgenommen hatte. Damals hatte die Frau Seikei prophezeit, er werde ein reicher, mächtiger Kaufmann werden. Er konnte nur hoffen, dass die Prophezeiung heute etwas zuverlässiger war.

Die Wahrsagerin entnahm der Schatulle ein paar Schafgarbenstängel und schleuderte sie auf den Tisch. Dann begutachtete sie das Muster, das die Stängel gebildet hatten, und sagte: »Das Teehaus *Fallende Kirschblüten* wird am beliebtesten sein. Oba Koko, die Besitzerin, hat die Geisha Umae überredet, ihre Gäste hier unterzubringen.« Mit ihrem Fingernagel klopfte sie ein paarmal auf einen Schafgarbenstängel. »Aber nehmt Euch in Acht, hier lauern große Gefahren auf die Unvorsichtigen.«

Seikei war sich sicher, dass das genannte Teehaus ihre nächste Anlaufstelle sein würde. Doch als sie wieder auf der Straße waren, überraschte sein Lehrer ihn aufs Neue.

»Ich muss zum örtlichen Magistrat«, sagte er. »Und es wäre besser, wenn du mich nicht begleitest.« Als er die Enttäuschung in Seikeis Gesicht sah, fügte er hinzu: »Manchmal komme ich nicht umhin, anderer Leute Arbeit auszubessern. Ich fürchte, der Magistrat hat seine Pflichten vernachlässigt, indem er den Tod der beiden Geishas nicht untersucht hat. Es wäre ihm sicher peinlich, wenn du bei unserer Unterhaltung zugegen wärst.«

Seikei nickte erleichtert. »Soll ich am Kai auf Euch warten?«

»Nein«, sagte der Richter. »Du hast doch gehört, was die Wahrsagerin gesagt hat.«

Seikei blinzelte. »Ja …«

»Und du erinnerst dich sicher an das, was ich vorhin gesagt habe.«

»Ihr meint … dass ich hierbleiben soll?« Seikeis Magen krampfte sich plötzlich zusammen.

Richter Ooka nickte. »Jetzt wissen wir, wohin der Pfad dich führen wird.«

Seikei, der Dieb

Als Seikei beim Teehaus ankam, sah er, wie eine Frau in einem pflaumenblauen Kimono einen Jungen mit einem Besen zur Tür herausscheuchte. Er duckte sich immer wieder unter den Schlägen der Frau weg, wand und wehrte sich nach Kräften, doch die schmerzhaften Stockhiebe prasselten wie Regen auf ihn herab und zwangen ihn die Treppe hinunter. Schließlich nahm der Junge die Beine in die Hand und floh die Straße entlang.

Die Frau blieb auf der Treppe stehen und rückte ihren Kimono zurecht. Da fiel ihr Seikei ins Auge, der neben dem Eingang wartete.

»Was willst du?«, fragte sie ärgerlich. »Ich habe zu tun. Das Teehaus ist geschlossen.«

Ein Banner, das über der Tür hing, bestätigte Seikei, dass er das richtige Teehaus gefunden hatte. Dies war das Teehaus *Fallende Kirschblüten*. Nun hoffte er inständig, mit der keifenden Alten die falsche Person erwischt zu haben.

»Seid Ihr die Besitzerin des Teehauses?«, fragte er.

Die Frau beäugte ihn misstrauisch. »Warum fragst du? Hab ich was Unrechtes getan? Ich bin doch nur eine arme Frau, die sich in dieser harten Welt ein Auskommen zu verdienen sucht.«

Und dabei benimmt sie sich, als gäbe es im Teehaus niemand Ranghöheren, dachte Seikei. Und sogar in ganz Yoshiwara nicht. Dennoch verbeugte er sich respektvoll. »Ich bin auf der Suche nach Arbeit und würde gern mit der Besitzerin sprechen.«

Die Frau musterte ihn von oben bis unten. »Viel scheinst du bisher nicht gearbeitet zu haben. Ein Bauer bist du jedenfalls nicht – deine Hände sind sauber. Und ein Samurai bist du auch nicht – bist nicht eingebildet genug. Dein Haarschnitt mag der eines Samurai sein, aber Oba Koko kannst du damit nicht täuschen. Und ein Handwerker bist du schon gar nicht, sonst hättest du ja was gelernt und bräuchtest nicht hier nach Arbeit zu suchen. Also musst du wohl ein Händlersohn sein, der an Luxus und Nichtstun gewöhnt ist.«

Seikei zuckte zusammen. Selbst die Adoption durch einen Samurai hatte ihn nicht verändert. Immer noch konnte man ihm auf den ersten Blick ansehen, wer sein leiblicher Vater war. Vielleicht war es tatsächlich so, wie Bunzo einmal meinte: »Ein Fisch wird niemals singen lernen, auch wenn man ihn in einen Vogelkäfig steckt.«

Aber das spielt jetzt keine Rolle, sagte sich Seikei. Er musste die Anordnung des Richters ausführen.

Also verbeugte er sich ein zweites Mal. »Ihr habt einen guten Blick. Aber ich versichere Euch, dass ich bereit bin, hart zu arbeiten.«

»Hmpf«, schnaubte die Frau. »Dann bist du vielleicht ein Dämon. Siehst zwar nicht wie einer aus, aber wer weiß das schon?« Plötzlich streckte sie die Hand aus und zwickte ihn in die Nase. Und das ziemlich heftig.

Seikei schrie auf und wand sich aus ihrem Griff.

Die Frau nickte zufrieden. »Das hätten wir geklärt. Ein Dämon würde sich niemals in die Nase zwicken lassen.« Sie kniff die Augen zusammen. »Traust du dir zu, den Boden zu wischen, nachdem ein betrunkener Daimyo sich darauf erbrochen hat?«

»Ja«, erwiderte Seikei und versuchte sich nicht allzu genau vorzustellen, wie das sein würde.

»Was, wenn ein Samurai ausfallend wird und die Geisha einzuschüchtern versucht? Was machst du dann?«

Seikei überlegte. »Ähm ... ihn bitten zu gehen?«

Die Frau kicherte. »Nein! Du musst dich von hinten an ihn ranschleichen und ihm mit einem Holzknüppel eins überziehen.« Sie ließ ihren Besenstiel auf das Geländer der Veranda krachen, um ihren Worten Ausdruck zu verleihen. »Und dann schmeißt du ihn auf die Straße. Kannst du das? Oder hast du zu viel Angst?«

»Aber ... ein Samurai kann jeden töten, der ihn verärgert.«

»Was meinst du, warum die ihre Schwerter am Tor von Yoshiwara zurücklassen müssen? Weil hier, in der Schwimmenden Welt, andere Gesetze gelten.« Die Frau reichte ihm den Besen. »Da«, sagte sie. »Du hast Glück, dass ich mich vorhin schon an meinem nutzlosen Neffen Kiru ausgetobt habe. Ich muss jemand Neues einstellen und zwar für heute Abend. Da kommst du mir gerade recht. Vielleicht ist es ein Omen, wer weiß? Ich bin Oba Koko. Wenn du bereit bist, mir von nun an bedingungslos zu gehorchen, darfst du bleiben.« Sie tat, als gewähre sie ihren Bediensteten ein großes Privileg.

Seikei folgte ihr ins Haus. Er hatte das dumpfe Gefühl, dass Oba Koko eine gestrengere Lehrmeisterin sein würde als Richter Ooka.

Und er sollte Recht behalten.

Seine neue Herrin führte ihn quer durchs Haus geradewegs in die hinten gelegene Küche. Eine stämmige Frau mit silbernen Strähnen im Haar würzte gerade einige frische Karpfen. Neben ihr standen zwei leere Gläser, ein großer Topf mit Reis und ein Krug Essig. Seikei hatte schon einmal gesehen, wie seine Mutter in Osaka diese Zutaten zum Haltbarmachen von Fisch verwendet hatte.

»Hier ist unser neuer Neffe«, sagte Oba Koko beiläufig zur Köchin. Dann wandte sie sich Seikei zu. »Das ist Ryori. Ihr musst du ebenfalls bedingungslos gehorchen.«

»Mein Name ist Seikei«, sagte er leise.

Oba Koko wischte seine Worte mit einer Handbewegung beiseite. »Wir werden dich Neffe nennen. Wenn man Leute beim Namen nennt, bringt sie das nur auf dumme Gedanken.«

Seikei wusste zwar nicht, was für dumme Gedanken sie meinte, beschloss aber, lieber nichts mehr zu sagen. Die Tür öffnete sich und ein Mädchen mit einem schweren Holzeimer taumelte in den Raum. Ein Schwall Wasser schwappte über den Rand auf den Fußboden.

»Sieh nur, was du angerichtet hast, Tsune«, schimpfte Oba Koko. »Wisch das sofort auf, du ungeschicktes Ding!«

»Es ist aber nicht meine Schuld«, wehrte sich das Mädchen. »Das Wasser will einfach nicht da bleiben, wo ich es hintue.«

»Was soll das heißen? Du hast es doch noch nirgends hingetan.«

»Doch, ich habe es in den Eimer getan«, sagte Tsune und zeigte auf den Eimer, als wäre Oba Koko schwer von Begriff.

»Schon gut, vergiss es. Wir haben hier wieder jemanden, der das von jetzt an übernimmt. Das ist unser neuer Neffe. Zeig ihm den Brunnen. Und wo steckt eigentlich Nui? Versteckt sie sich etwa wieder? Das ist wirklich das faulste Mädchen, das wir jemals hier hatten.«

Seikei nahm den Eimer und leerte ihn in ein Fass. Er verschüttete dabei keinen Tropfen und hoffte inständig, dass Oba Koko das gesehen hatte. Doch als er sich wieder umdrehte, begegnete er nur Tsunes finsterem Blick. Vermutlich dachte sie, er wolle sie schlecht dastehen lassen.

»Ich brauche noch sechs Eimer«, rief ihnen die Köchin hinterher, als Seikei und Tsune den Raum verließen.

Das Mädchen führte ihn in einen Hinterhof, den sich das Teehaus mit drei weiteren Gebäuden teilte – eins direkt nebenan gelegen, die anderen beiden gegenüber. In der Mitte des Hofes befand sich ein steinerner Brunnen und daneben standen ein paar Holzschuppen, die wohl als Lagerräume genutzt wurden.

Während Seikei einen Eimer Wasser hochzog, sagte Tsune: »Du darfst nicht so schnell arbeiten. Sonst geben sie dir gleich wieder was anderes zu tun.«

Seikei nickte. »Es gibt hier wohl sehr viel zu tun, nicht wahr?«

»Oh ja, wir müssen alles machen. Wir sind Sklaven, so ist das. Ich war gezwungen herzukommen, weil meine Mutter gestorben ist und mein Vater uns Kinder nicht alle ernähren kann. Also hat er mich als Älteste verkauft.«

»Verkauft? Einfach so?«

»Mein Vater hat Geld dafür bekommen, dass ich zehn Jahre lang hier arbeite. Aber Oba Koko sagt, jedes Mal, wenn ich etwas verschütte oder kaputtmache, kommt noch mehr Zeit hinzu. Sie führt Buch darüber, aber ich kann es nicht lesen.«

»Wie lange bist du schon hier?«

»Seit vier Jahren. Seit ich neun war. Aber wie kommst du denn hierher? Was ist mit Kiru?«

»Ich bin gerade vorbeigekommen, als Oba Koko ihn rausgeschmissen hat. Keine Ahnung, wieso sie das gemacht hat.«

»Sie schmeißt ihn immer wieder raus. Aber dann bittet und bettelt er, dass sie ihn wieder aufnimmt, und am Ende macht sie es. Sie hat nicht gern Jungen oder Männer im Haus – außer den Kunden natürlich. Aber manchmal braucht sie doch einen. Manche Gäste können ganz schön schwierig sein.«

Seikei trug den Eimer ins Haus, sorgfältig darauf bedacht, kein Wasser zu verschütten.

Tsune folgte ihm dicht auf den Fersen – zu dicht.

Seikei kam es vor, als wolle sie ihn absichtlich aus dem Gleichgewicht bringen.

Doch als er das Wasser ins Fass kippte, seufzte sie nur. »Ich wünschte, ich könnte das auch.« Da wurde Seikei klar, dass sie nur hatte abgucken wollen, wie er das Wasser so ohne Verluste transportierte.

»Nerv meinen Neffen nicht«, ging die Köchin dazwischen. »Du kannst da drüben ein paar Zwiebeln schälen.«

Tsune stöhnte, und Seikei meinte, eine Träne auf ihrer Wange gesehen zu haben, noch bevor sie überhaupt eine Zwiebel in die Hand genommen hatte.

Er ging wieder hinaus. Kaum war er in den Hof getreten, blieb sein Blick an einem Stück grüner Seide hängen – jemand versteckte sich hinter einem der Schuppen.

Neugierig ging Seikei um die Hütte herum. Ein Mädchen kauerte mit dem Rücken zu ihm am Boden und spähte zum Brunnen hinüber. Als er seinen Eimer absetzte, wirbelte das Mädchen erschrocken herum. Es war etwas jünger als Tsune, aber was viel auffälliger war – es hatten sich noch keine Sorgen in sein Gesicht eingebrannt. Seikei fand es wunderschön.

»Oh! Hast du mich erschreckt«, sagte das Mädchen. »Ich wusste nicht, dass noch jemand hier draußen ist.«

»Ich bin der neue Neffe von Oba Koko«, stellte Seikei sich vor.

»Hast du keinen richtigen Namen?«

»Doch. Seikei.«

Das Mädchen nickte. »Ich heiße Nui.«

Jetzt verstand Seikei, warum sie sich versteckt hielt. »Oba Koko sucht dich schon.«

Nui warf schnaubend den Kopf in den Nacken. »Sie will mir doch bloß wieder irgendeine Arbeit aufdrücken.«

Eingedenk dessen, was ihm selber aufgedrückt worden war, ging Seikei wieder zum Brunnen und ließ den Eimer hinab. Nui folgte ihm, wobei sie sich ständig umschaute, ob sie auch nicht gesehen wurde.

»*Musst* du denn nicht arbeiten?«, fragte Seikei. »Ich meine, Oba Koko kann dich doch rauswerfen, wenn du ihren Befehlen nicht folgst.«

»Nein, das wird sie nicht.« Nui klang selbstsicher. »Sie hat meinem Vater ziemlich viel Geld für mich bezahlt. Den Verlust könnte sie sich nicht leisten.«

Seikei schüttete das Wasser vom Brunnentrog in den Eimer. »Ich muss das in die Küche bringen. Aber ich komme gleich wieder.«

Nui lachte. »Ich soll also auf dich warten?«

Ertappt zuckte Seikei mit den Schultern. »Nur wenn du willst.«

»Wenn du mir eine Persimone mitbringst, warte ich«, versprach Nui. »Die Köchin hält sie in einer Kiste neben der Tür unter Verschluss.«

Seikeis Herz klopfte wild. Er kehrte, Nuis Gesicht vor Augen, in die Küche zurück und schüttete das Wasser ins Fass. Tsune stand vor einem Tisch, schnitt Zwiebeln und schniefte dabei lautstark. Doch Seikei beachtete sie nicht. Er hatte die Kiste mit den orangeroten, reifen Persimonen entdeckt.

Die Köchin drehte ihm gerade den Rücken zu und Tsunes Augen waren blind vor Tränen. Auf dem Weg zur Tür schnellte Seikeis Hand hervor, als handle sie aus eigenem Antrieb, und schnappte eine Frucht aus der Kiste.

Mit weichen Knien blieb er auf dem Flur stehen. Noch nie hatte er irgendwas gestohlen. Er konnte sich selbst nicht erklären, wie es jetzt hatte dazu kommen können.

Ich weiß wie, gestand er sich ein. Ich wollte, dass Nui sieht, dass ich mutig genug dazu bin. Aber was, wenn ihm jemand auf die Schliche kam? Er würde mit Sicherheit hinausgeworfen werden, wenn nicht gar dem örtlichen Magistrat vorgeführt. Damit hätte er große Schande auf sich geladen.

Aber dann dachte Seikei daran, warum er hier eingeschleust worden war – er sollte so viel wie möglich über den Tod der Geishas in Erfahrung bringen. Und vielleicht wusste Nui ja etwas Wichtiges. Seikei war darauf angewiesen, ihr Vertrauen zu gewinnen. Wenn der Preis dafür eine gestohlene Persimone war, nun, dann musste er ihn eben bezahlen.

Wenigstens schien niemand bemerkt zu haben, dass er die Frucht genommen hatte. Im Hof stand Nui am Brunnen und starrte hinunter.

»Hier, die Persimone«, sagte Seikei und hielt ihr die Frucht hin.

Das Mädchen sah nur flüchtig hin. »Ach, die will ich jetzt gar nicht mehr. Ich wollte nur testen, ob du sie mir bringst.«

Seikeis Hand zitterte. Wie konnte er sich bloß so zum Narren halten lassen? Er schob sich an Nui vorbei, um den Eimer abzuseilen.

»Nicht so ruppig«, protestierte das Mädchen.

»Wieso sollte ich denn freundlich zu dir sein?«

»Weil ich sonst Oba Koko erzähle, dass du ein Dieb bist.«

Seikei hätte sich am liebsten in den Brunnen gestürzt. »Du hast mich doch darum gebeten, dir die Persimone mitzubringen«, jammerte er verzweifelt.

»Wieso hast du einen Samurai-Haarschnitt?«, schwenkte das Mädchen plötzlich um.

Seikei beschloss, ab sofort nichts mehr zu sagen. Sollte Nui doch versuchen, ihn weiter zu provozieren. Vielleicht entschlüpfte ihr dabei irgendeine Information, die er gebrauchen konnte.

»Ach natürlich«, spottete Nui, nachdem klar war, dass von Seikei keine Antwort kommen würde. »Ich kann's mir schon denken. Wahrscheinlich wünschst du dir in deinem tiefsten Inneren, ein heldenhafter Samurai zu sein.«

Seikei hievte den Eimer aus dem Brunnen, überrascht, wie leicht Nui ihn zu durchschauen schien. Vielleicht war *sie* ja der mörderische Dämon, nach dem sie suchten.

»Keiner von uns kann sein Schicksal selbst bestimmen«, fuhr Nui fort und musterte ihn eindringlich. »Ich glaube, es ist dir nicht bestimmt, ein Samurai zu werden.«

Seikeis Gesicht war ganz heiß, so sehr musste er sich zusammenreißen, um die Sticheleien des Mädchens nicht zu erwidern.

Er ließ eine Hand in den Eimer gleiten und spritzte sich etwas Wasser ins Gesicht.

»Mein Schicksal hingegen ist es«, verkündete Nui, »eine Geisha zu werden. Da bin ich mir ganz sicher. Und Oba Koko auch. Deswegen wird sie mich nie entlassen oder an ein anderes Teehaus verkaufen.« Sie drehte Seikei den Rücken zu und zog hinten den

Kimono ein bisschen herunter – gerade so weit, dass ihr Nacken entblößt war. »Schau mal«, sagte sie. »Findest du nicht, dass ich mindestens so schön bin wie eine Geisha?«

Der Nacken einer Frau galt als Schlüssel zu ihrer Schönheit. Seikei musste einfach hinsehen. Nuis Nacken war so anmutig wie der eines Schwans.

Der Junge versuchte wegzuschauen, war aber wie gebannt.

Nui rückte ihren Kimono wieder zurecht und drehte sich zu Seikei um. Kühn sah sie ihm in die Augen. Ihm war, als könne sie ihn jederzeit mühelos dazu bringen, ein ganzes Fass voller Persimonen zu stehlen.

»Sobald mich eine Geisha als ihre Schülerin aufnimmt, werde ich Oba Koko weit mehr einbringen, als sie mit diesem Teehaus jemals verdienen kann«, erklärte das Mädchen. »Aber das reicht mir nicht. Ich möchte, dass mich ein Daimyo – und es muss ein sehr reicher sein – so lange mit Geschenken überhäuft, bis ich endlich einwillige, mein Leben als Geisha aufzugeben und ihn zu heiraten.«

Da tauchte plötzlich Oba Koko auf der Türschwelle auf. »Ach, hier steckst du, Nui«, sagte sie. »Ich hab dich schon überall gesucht.«

»Ich hab nur kontrolliert, ob der neue Neffe das Wasser auch richtig schöpft«, erwiderte das Mädchen. »Ich glaube, er ist ziemlich dumm, er redet nämlich kaum etwas.«

»Das soll mir nur recht sein – *du* redest im Gegenteil zu viel«, gab Oba Koko zurück. »So, und jetzt kommt rein, alle beide. Der Magistrat ist hier. Er will jeden im Haus befragen.«

Und noch ein Dieb

Als er die Küche betrat, ließ Seikei die Persimone unbemerkt aus dem Ärmel zurück in die Kiste gleiten und nahm sich vor, nie wieder zuzulassen, dass Nui ihn in die Falle lockte.

Oba Koko führte die Köchin, Seikei, Nui und Tsune in ein Teezimmer. Richter Ooka und ein weiterer Mann saßen auf den Ehrenplätzen vor einer Papierrolle. Die Eintretenden verbeugten sich und knieten sich auf den Boden.

»Sind das alle Angehörigen des Haushalts?«, fragte der Begleiter des Richters.

»Nur meine greise Mutter fehlt, Herr«, antwortete Oba Koko. »Aber sie ist zu gebrechlich, um ihr Zimmer zu verlassen.«

»Was, wenn hier ein Feuer ausbrechen würde?«, fragte der Mann. »Was würde sie denn dann tun?«

Oba Koko blinzelte überrascht. »Nun ... dann würden wir sie aus der Gefahrenzone heraustragen.«

Der Mann nickte. »Dir ist sicher bewusst, wer ich bin – Odozo, der vom Shogun persönlich damit beauftragt wurde, über Yoshiwara zu wachen. Und dies ist Richter Ooka, offizieller Abgesandter des Shoguns. Er hat mich darüber in Kenntnis gesetzt, dass sich vermutlich ein Verbrecher übelster Sorte hier in Yoshiwara aufhält.«

Obwohl diese Nachricht sie nicht im Geringsten überraschen konnte, stieß Oba Koko ein lang gezogenes »Aaaaaaah!« aus, das die Köchin und die beiden Mädchen sofort nachahmten. Wahrscheinlich wird das von mir auch erwartet, dachte Seikei und schrie ebenfalls.

»Wir wollen, dass ihr nach merkwürdigen Gestalten in diesem Bezirk Ausschau haltet«, fuhr Odozo fort und deutete auf die Besitzerin des Teehauses. »Kannst du für alle bürgen, die deinem Haushalt angehören?«

Nui spähte über die Schulter zu Seikei und zog eine Augenbraue hoch. Selbst jetzt machte sie sich noch über ihn lustig.

»Den Jungen habe ich gerade erst eingestellt«, sagte Oba Koko.

»Dann werden wir ihn nachher ausgiebig durchleuchten«, ging Richter Ooka dazwischen. »Erst einmal möchte ich euch aber alle warnen – lasst euch von keinem Fremden nach draußen einladen.«

»Aber nein, das würde niemand hier machen, Herr.« Die Besitzerin der *Fallenden Kirschblüten* war sichtlich empört. »Meine Nichten würden nie so etwas Ungehöriges tun.«

»Sie würden vielleicht gar nicht denken, dass der Anlass der Einladung ungehörig sein könnte«, beharrte der Richter. »Es könnte sich erst später herausstellen, wie gefährlich es ist.«

»Von nun an«, fügte Odozo hinzu, »muss jedes Teehaus über seine Gäste Buch führen – und selbstverständlich auch über die Geishas, die mit ihren Kunden hierherkommen.«

Oba Koko stöhnte leise, was um einiges ehrlicher klang als der Schrei von vorhin. Als die Mädchen sie nachzuahmen versuchten, drehte sie sich wütend zu ihnen um: »Psssst!«

»Viele Kunden möchten nicht, dass ihre Namen bekannt werden«, gab sie zu bedenken. »Manchmal geben sie auch falsche Namen an.«

»Du wirst trotzdem jeden Namen aufschreiben, ob falsch oder nicht. Das ist ein Befehl.« Odozo sah zu Richter Ooka – als würde er ihn stumm fragen, ob er richtig gehandelt hatte.

»Die anderen dürfen jetzt gehen«, sagte der Richter. »Du bleibst da.« Er zeigte auf Seikei.

Oba Koko sah unglücklich drein. »Er hat mir geschworen, dass er ehrlich ist«, klagte sie. »Ich übernehme keine Verantwortung für Dinge, die er getan haben mag.«

Der Richter schnitt ihr mit einer Handbewegung das Wort ab.

Die Schiebetüren des Hauses boten keinen besonders guten Schutz gegen etwaige Lauscher. Und so winkte der Richter Seikei ganz nah zu sich und Odozo heran.

»Ich möchte, dass du hierbleibst«, sagte er leise. »Halte nach jedem Zeichen Ausschau, das auf den Verbrecher deuten könnte.«

»Suche ich einen Brandstifter oder den Mörder der Geishas und des Teehaus-Mädchens?«, fragte Seikei.

»Ich glaube, der eine würde zum anderen führen und umgekehrt«, antwortete sein Lehrmeister.

»Wir haben doch noch gar keinen Beweis dafür, dass überhaupt jemand in Yoshiwara ermordet wurde«, wandte Odozo ein.

Richter Ooka nickte. »Sobald wir den Mörder haben, haben wir auch die Beweise.«

Odozo wirkte verdrossen. Seikei spürte, dass der Magistrat von Richter Ookas Beistand nicht gerade angetan war. Was auch immer die beiden unter vier Augen besprochen hatten – es hatte Odozo nicht gefallen.

Der Magistrat räusperte sich. »Besonders erfahren sieht der Junge jedenfalls nicht aus ...«

»Er ist sehr aufmerksam«, entgegnete Richter Ooka. »Und erfinderisch.«

Da fiel Seikei wieder ein, was er den Richter hatte fragen wollen. »Wenn ich etwas herausfinde, was Ihr wissen solltet – wie kann ich Euch dann eine Nachricht zukommen lassen?«

»Du kannst Odozo alles berichten, was dir auffällt. Er kann dann einen Boten zu mir schicken.«

Der Magistrat presste die Lippen aufeinander. Dieser Plan gefiel ihm wohl noch weniger.

»Jetzt, nachdem Ihr sie gewarnt habt«, sagte Seikei, »wird die Besitzerin des Teehauses, Oba Koko, mir gegenüber bestimmt misstrauisch sein. Vielleicht entlässt sie mich sogar. Sie scheint damit recht schnell bei der Hand zu sein.«

»Ich werde ihr mitteilen, dass wir dich überprüft und für unverdächtig befunden haben«, sagte der Richter. »Und Odozo wird ihr dringend empfehlen, dich zu ihrem Schutz hierzubehalten.«

Seikei lächelte insgeheim, als er daran dachte, wie Nui wohl reagieren würde, wenn sie davon hörte. Aber er sagte nur: »Oba Koko hat gesagt, ich soll ihr immer bedingungslos gehorchen.«

»Tu nach Möglichkeit, was sie verlangt«, sagte der Richter. »Aber denk immer an unser Ziel. Wir müssen die Person finden, die in Edo Feuer legt, bevor sie ein weiteres Mal zuschlägt.«

Seikei hätte gern gefragt, welche Verbindung es zwischen dem Brandstifter und dem Tod der drei Frauen aus Yoshiwara gab – außer diesem Kimono. Doch er vertraute darauf, dass Richter Ooka den Pfad des Verbrechers deutlicher erkennen konnte als er selbst.